Mauricio

Aban

LO QUE OCULTA
MI HERMANO 1

LIBRO 4

En cada lágrima y en cada sonrisa, la vida nos desafía a descubrir si el sufrimiento es el precio de vivir o si vivir es el milagro que transforma el sufrimiento en belleza.

Mauricio Aban

Prólogo: Una lamentable pérdida

El día comenzó como cualquier otro. Me desperté temprano y escuché los ruidos familiares de la casa: el zumbido de la cafetera en la cocina y las noticias matutinas resonando desde la sala. Margaret, mi madre, estaba preparando el desayuno. Desde el piso superior, podía oír los pasos pesados de mi padre, Edgar, preparándose para el trabajo. Mi hermano menor, Josh, todavía estaba dormido.

Me dirigí al baño y me miré en el espejo. Mi reflejo me devolvió la mirada con la misma indiferencia de siempre. Cepillé mis dientes, me lavé la cara y bajé las escaleras, listo para enfrentar otro día más en la escuela.

—Buenos días, Jonh —dijo mi madre con una sonrisa mientras me servía un plato de huevos revueltos.

—Buenos días, mamá —respondí automáticamente. La rutina nos atrapaba a todos, como un reloj bien engrasado, pero aquella mañana algo se sentía extraño. Había una sensación de pesadez en el aire, un presagio oscuro que ignoré.

—¿Has visto a Fernando? —pregunté casualmente mientras me sentaba a la mesa.

Margaret se detuvo por un momento, su sonrisa vacilante.

—No, aún no ha bajado. Debe estar descansando porque hoy no tiene clases.

Asentí, luego para buscar mis cosas para irme a la escuela subí las escaleras, cada paso más pesado que el anterior como si algo pasaría, pero lo ignoré y con Josh nos fuimos a la escuela.

Al regresar abrí la puerta lentamente y la imagen que vi me dejó sin aliento. Fernando estaba en el suelo sufriendo y con un líquido blanco saliendo de su boca. Sentí como si el suelo se abriera bajo mis pies. Mis piernas se volvieron de gelatina y caí de rodillas, incapaz de apartar la vista.

—¡Mamá! ¡Papá! —grité, mi voz quebrándose—. ¡Fernando! ¡Salvenlo!

El caos se desató. Mamá llegó corriendo, seguida por Edgar. Sus gritos llenaron la habitación, un eco aterrador que se quedó grabado en mis oídos. Josh apareció en la puerta, sus ojos grandes y llenos de

miedo. Todo se volvió borroso después de eso. Lo llevamos a un hospital, todos moviéndose en cámara lenta mientras intentaban procesar la tragedia.

Él murió.

Sentado en el borde de la cama, sosteniendo la mano fría de mi hermano, sentí cómo la realidad se desmoronaba a mi alrededor. Edgar estaba fuera de sí, exigiendo respuestas. Margaret lloraba inconsolablemente, su cuerpo temblando de una manera que nunca antes había visto. Josh estaba en un rincón, abrazado a sus propias rodillas, en un intento desesperado de hacerse pequeño, invisible.

La mañana se transformó en un torbellino de emociones y preguntas sin respuesta. La policía hizo preguntas, los vecinos se

reunieron en el exterior, susurros de
preocupación y curiosidad llenando el
aire. Me sentí atrapado en una pesadilla,
deseando con todas mis fuerzas despertar
y encontrar a Fernando sonriéndome
desde el otro lado de la mesa del
desayuno.

—¿Por qué, Fernando? ¿Por qué lo hiciste?
—murmuré una y otra vez, esperando que
de alguna manera él pudiera responder.

Un oficial de policía se acercó, su rostro
serio pero compasivo al ver que nada malo
sucedía en casa.

Solté la mano de Fernando, sintiendo
como si dejara ir una parte de mí mismo.
Edgar tuvo que ser contenido por los
oficiales mientras Margaret se aferraba a
él, ambos destrozados. Me acerqué a Josh

y lo abracé, sintiendo su pequeño cuerpo temblar contra el mío.

—No sé por qué, Josh. No sé por qué lo hizo —le susurré, aunque sabía que mis palabras no podían ofrecer consuelo.

Los días siguientes fueron un borrón de visitas, llamadas telefónicas y arreglos funerarios. La casa, que siempre había sido un lugar de risas y conversaciones, se transformó en un lugar de susurros y llantos. Amigos y familiares vinieron a ofrecer sus condolencias, pero sus palabras se desvanecían en el aire, sin llegar realmente a nosotros.

El funeral fue una tortura. Ver a Fernando en el ataúd, tan quieto y frío, era algo que nunca podré olvidar. Margaret estaba casi catatónica, sostenida por Edgar, que también luchaba por mantenerse fuerte.

Josh no soltaba mi mano, su rostro una máscara de confusión y dolor.

—Siempre vivirás en mi recuerdo, Fernando —murmuré mientras lanzaba una rosa blanca al ataúd—. Aunque te hayas ido, siempre estarás conmigo.

El regreso a casa fue silencioso. Nadie tenía palabras para llenar el vacío que Fernando había dejado. Nos sentamos en la sala, mirándonos unos a otros, cada uno lidiando con su propio dolor. Margaret finalmente rompió el silencio.

—Tenemos que seguir adelante —dijo con una voz rota—. Fernando no querría que nos destruyéramos por esto.

Edgar asintió lentamente.

—Sí, tenemos que ser fuertes. Por nosotros y por Fernando.

Pero en mi mente, las preguntas seguían. ¿Por qué lo hizo? ¿Había algo que podría haber hecho para detenerlo? La culpa y la desesperación eran abrumadoras, una constante presencia en mi corazón.

Esa noche, me acosté en mi cama, mirando el techo. Todo parecía tan surrealista, como si hubiera caído en un mundo alternativo donde todo lo que conocía había cambiado. Cerré los ojos, esperando que el sueño me llevara a un lugar donde el dolor no existiera, aunque sabía que era una esperanza vana.

A partir de ese día, la vida nunca fue la misma. Cada rincón de la casa, cada recuerdo, estaba impregnado de la ausencia de Fernando. Pero, en algún

lugar profundo dentro de mí, una pequeña chispa de esperanza permanecía. Una chispa que me decía que, de alguna manera, encontraría la manera de seguir adelante. Por Fernando, por mi familia, y por mí mismo.

Parte 1:

Desesperación adolecente

Capítulo 1: El abismo del dolor

Los días después del funeral de Fernando se mezclaron en una neblina espesa de dolor y confusión. No recuerdo exactamente cuándo dejé de hablar con mis amigos o cuándo dejé de hacer mis tareas escolares. Todo se convirtió en un esfuerzo monumental, cada acción una carga insoportable. A veces, sentía que simplemente respirar era una tarea demasiado difícil.

La escuela, que solía ser un refugio de rutina y normalidad, ahora parecía un lugar hostil y ajeno. Los pasillos, que antes resonaban con risas y conversaciones, estaban llenos de susurros y miradas compasivas que me atravesaban como cuchillos. Traté de ignorarlos, de mantener la cabeza baja y seguir adelante,

pero cada paso que daba me recordaba la ausencia de Fernando.

Una mañana, mientras me preparaba para ir a la escuela, Margaret se acercó a mí. Su rostro estaba pálido, las ojeras profundas revelaban sus noches de insomnio.

—Jonh, ¿estás seguro de que quieres ir a la escuela hoy? —preguntó, su voz temblorosa.

Asentí, aunque no estaba seguro de nada en ese momento.

—Sí, mamá. Necesito ir —respondí, aunque ambos sabíamos que no era verdad. No quería preocuparla más de lo que ya estaba.

Llegué a la escuela y me dirigí a mi casillero. Sentí las miradas de mis

compañeros sobre mí, susurrando entre ellos. Me concentré en abrir el casillero, pero mis manos temblaban. De repente, alguien se acercó.

—Jonh, lo siento mucho por lo de tu hermano —dijo Sarah, una compañera de clase. Su voz estaba llena de compasión, pero sus palabras solo me hicieron sentir más aislado.

—Gracias, Sarah —respondí, tratando de mantener la compostura.

El día pasó en un borrón de clases y miradas furtivas. Me senté en la última fila, evitando el contacto visual con los profesores y mis compañeros. Cada palabra que decían se sentía distante, como si estuviera escuchando todo a través de una pared gruesa. Mis pensamientos estaban atrapados en una

espiral descendente, siempre volviendo a la imagen de Fernando, colgado en su habitación.

Al final del día, fui a mi lugar habitual en el parque detrás de la escuela. Era un rincón tranquilo, apartado de la vista de los demás, donde Fernando y yo solíamos pasar el rato después de clases. Me senté en el banco, el peso de la soledad y el dolor apoderándose de mí.

—¿Por qué, Fernando? —murmuré, mi voz apenas un susurro—. ¿Por qué me dejaste?

Las lágrimas empezaron a brotar sin control. Me abracé las rodillas y dejé que el llanto me arrasara. No sabía cuánto tiempo pasé allí, solo quería desaparecer, dejar de sentir.

Después de lo que pareció una eternidad, sentí una mano en mi hombro. Levanté la cabeza y vi a Josh, su rostro lleno de preocupación.

—Jonh, mamá está preocupada. Me envió a buscarte —dijo suavemente.

Asentí, secándome las lágrimas con la manga de mi chaqueta.

—Vamos a casa, Josh.

Caminamos en silencio, el peso del mundo sobre nuestros hombros. Al llegar a casa, Margaret nos recibió con un abrazo. Su abrazo era cálido, pero no podía borrar el dolor que sentía.

—Jonh, Josh, estamos juntos en esto. No lo olviden —dijo, su voz firme a pesar de las lágrimas en sus ojos.

Esa noche, me acosté en mi cama, mirando el techo. La habitación estaba en silencio, pero mi mente era un caos. Cerré los ojos, esperando que el sueño me brindara un respiro del dolor. Sin embargo, los recuerdos de Fernando continuaron acechándome.

A la mañana siguiente, Margaret insistió en que viera a un terapeuta. Al principio, me resistí, pero finalmente cedí. No podía seguir así, hundiéndome más en el abismo del dolor. Necesitaba ayuda.

En la consulta del terapeuta, me senté frente a una mujer de rostro amable. Se presentó como la doctora Evans.

—Jonh, sé que esto es difícil, pero estoy aquí para ayudarte —dijo con una sonrisa reconfortante.

No sabía por dónde empezar, así que permanecí en silencio.

—Está bien, podemos ir despacio —dijo, dándome tiempo para adaptarme—. Háblame de Fernando.

Sentí un nudo en la garganta, pero finalmente comencé a hablar. Le conté sobre Fernando, cómo era mi hermano mayor, mi mejor amigo. Recordé nuestras aventuras en el parque, nuestras conversaciones hasta tarde en la noche. Cada palabra que decía me hacía revivir el dolor, pero también me daba una extraña sensación de alivio.

La doctora Evans me escuchó pacientemente, sin interrumpir. Cuando terminé, me miró con comprensión.

—Perder a alguien que amas es una de las cosas más difíciles que puedes enfrentar. Pero estás aquí, y eso es un primer paso importante —dijo.

Asentí, sin saber qué decir. Hablar de Fernando había abierto una puerta que mantenía cerrada desde su muerte. No sabía si me sentía mejor o peor, pero al menos sentía algo.

—Vamos a trabajar juntos para encontrar maneras de lidiar con este dolor, Jonh. No estás solo en esto —aseguró la doctora Evans.

Las sesiones con ella se convirtieron en una parte regular de mi vida. Hablamos de Fernando, de mi culpa, de mi desesperación. Me enseñó técnicas para manejar mi ansiedad, para enfrentar mis pensamientos oscuros. Poco a poco,

empecé a ver un rayo de luz en la
oscuridad.

Un día, mientras caminaba por el parque,
vi a Sarah sentada en nuestro banco. Dudé
por un momento, pero luego me acerqué.

—Hola, Sarah —dije, sentándome a su
lado.

—Hola, Jonh —respondió con una
sonrisa—. ¿Cómo estás?

Tomé una respiración profunda, sintiendo
el peso de sus palabras.

—No lo sé. Algunos días son mejores que
otros. Pero estoy tratando de seguir
adelante —dije, sorprendiéndome a mí
mismo con mi sinceridad.

Sarah asintió, su expresión comprensiva.

—Eso es todo lo que puedes hacer, Jonh.
Un día a la vez.

Nos quedamos en silencio, pero esta vez
no me sentí tan solo. Tener a alguien con
quien hablar, alguien que comprendiera,
hacía una gran diferencia. La vida seguía
siendo difícil, el dolor seguía allí, pero con
cada día que pasaba, me sentía un poco
más fuerte.

El abismo del dolor todavía estaba
presente, pero había encontrado una
forma de empezar a trepar fuera de él.
Sabía que el camino sería largo y arduo,
pero por primera vez desde la muerte de
Fernando, sentí una chispa de esperanza.
Y esa chispa, por pequeña que fuera, era
suficiente para seguir adelante.

Capítulo 2: Recuerdos del pasado

El sonido de la lluvia contra la ventana me envolvía en una melodía melancólica mientras me acurrucaba en mi cama. Cada gota que golpeaba el cristal parecía marcar un ritmo doloroso, sincronizado con el latido de mi corazón. Cerré los ojos y, como un torrente incontrolable, los recuerdos de mi infancia comenzaron a inundar mi mente.

Fernando y yo siempre fuimos inseparables. Desde que tengo memoria, él fue mi héroe, mi guía. Recordaba vívidamente nuestras aventuras en el parque detrás de la escuela, el mismo parque donde ahora solo encontraba dolor y nostalgia.

—¡Jonh, apúrate! ¡La aventura no puede
esperar! —gritaba Fernando, su voz llena
de entusiasmo.

Yo corría detrás de él, mis piernas cortas
luchando por mantener el ritmo. Fernando
era tres años mayor que yo, y en mi mente
de niño, eso lo convertía en un gigante
invencible.

—¿Adónde vamos hoy, Fer? —preguntaba
yo, mi voz llena de curiosidad.

—¡Al reino de los dragones! —respondía él,
señalando un grupo de árboles al final del
parque—. Tenemos que salvar a la
princesa y encontrar el tesoro escondido.

Jugábamos durante horas, nuestra
imaginación transformando cada rincón
del parque en un escenario de aventuras
épicas. Fernando siempre encontraba la

manera de hacerme sentir valiente, aunque solo estuviera siguiendo sus pasos.

Un día, mientras explorábamos el "bosque encantado", encontré una pequeña rana escondida entre las hojas. La recogí con cuidado y corrí hacia Fernando.

—¡Mira, Fer! ¡Encontré un dragón bebé! — dije, mostrando mi hallazgo con orgullo.

Fernando me miró con una sonrisa cálida y asintió.

—¡Es increíble, Jonh! Eres un verdadero aventurero. Vamos a llevarlo al castillo y cuidarlo.

Esos momentos eran perfectos, llenos de una felicidad pura que solo la infancia puede ofrecer. Sin embargo, no todas

nuestras memorias eran de juegos y risas.
También había momentos de aprendizaje y
apoyo mutuo que nos unieron aún más.

Recuerdo una tarde de otoño, cuando
estaba en tercer grado y tenía dificultades
con las matemáticas. Sentado en la mesa
de la cocina, miraba el libro de texto con
frustración. Fernando se acercó y se sentó
a mi lado.

—¿Qué pasa, Jonh? —preguntó, notando
mi expresión abatida.

—No entiendo esto —dije, señalando el
problema de matemáticas que parecía
imposible de resolver.

Fernando estudió el problema por un
momento y luego comenzó a explicarlo
con paciencia. Desglosó cada paso,

usando ejemplos simples hasta que
finalmente comprendí.

—¡Lo entiendo, Fer! —exclamé, sintiendo
una oleada de alivio.

Fernando sonrió y me dio una palmada en
la espalda.

—Sabía que lo lograrías. Eres más listo de
lo que piensas, Jonh.

Fernando siempre creyó en mí, incluso
cuando yo dudaba de mí mismo. Su apoyo
incondicional fue una constante en mi
vida, un faro de luz en momentos de
oscuridad.

Mis pensamientos se desplazaron a
nuestra juventud temprana, cuando
Fernando empezó a mostrar interés por la
música. Su pasión por la guitarra era

contagiosa. Pasaba horas practicando en su habitación, y pronto se convirtió en un músico talentoso. Una noche, mientras tocaba una melodía suave, me acerqué a su puerta entreabierta y lo observé en silencio.

—Entra, Jonh —dijo sin dejar de tocar—. No necesitas espiar.

Me reí y entré, sentándome en el suelo a su lado.

—¿Puedes enseñarme a tocar? —pregunté, admirando la destreza con la que sus dedos se movían sobre las cuerdas.

Fernando asintió y me pasó la guitarra.

—Claro que sí. Primero, coloca tus dedos aquí...

Pasamos muchas noches así, con él enseñándome los acordes básicos y yo luchando por no desafinar. Aunque nunca llegué a ser tan bueno como él, esos momentos compartidos fueron invaluables. Me sentía más cerca de él, no solo como mi hermano, sino como mi amigo.

Había también recuerdos más recientes, momentos de transición que marcaron nuestras vidas. Uno de ellos fue el día que Fernando se graduó de la escuela secundaria. La ceremonia fue emotiva, y nuestra familia estaba increíblemente orgullosa.

—¡Lo lograste, Fer! —grité mientras corríamos hacia él para felicitarlo.

Fernando me abrazó con fuerza, su sonrisa brillante.

—Gracias, Jonh. Este es solo el comienzo.

No sabía entonces cuánto me aferraría a esas palabras. Para Fernando, el futuro parecía lleno de posibilidades, y su entusiasmo era contagioso. Sin embargo, a medida que los años pasaron, comencé a notar pequeños cambios en él. Sus sonrisas eran menos frecuentes, sus ojos a veces reflejaban una tristeza que no comprendía.

Un día, mientras estábamos en su habitación, le pregunté directamente.

—Fer, ¿estás bien? Te he notado un poco diferente últimamente.

Fernando suspiró y se sentó en el borde de la cama.

—Es solo que a veces las cosas se sienten... abrumadoras. Pero no te preocupes, Jonh. Estoy aquí y siempre estaré para ti.

Esa conversación quedó grabada en mi mente. En aquel momento, no entendí la profundidad de su lucha interna. Pensé que, como siempre, Fernando superaría cualquier obstáculo. Nunca imaginé que sus demonios internos fueran tan fuertes.

El sonido de la lluvia aumentó, sacándome de mis recuerdos. Miré alrededor de mi habitación, sintiendo la presencia de Fernando en cada rincón. Los recuerdos eran agridulces, una mezcla de felicidad y dolor.

—Te extraño tanto, Fer —susurré al vacío, esperando que de alguna manera él pudiera escucharme.

La puerta de mi habitación se abrió lentamente, y Josh asomó la cabeza.

—Jonh, mamá dice que es hora de cenar.

Asentí y me levanté, limpiando las lágrimas de mis mejillas.

—Voy en un momento, Josh.

Josh me miró con preocupación, pero no dijo nada más. Sabía que estaba tratando de ser fuerte para mí, igual que yo trataba de ser fuerte para él.

Bajé las escaleras y me uní a mi familia en la mesa. Margaret y Edgar intercambiaban miradas silenciosas, ambos luchando con su propio dolor. Nos sentamos en un tenso silencio, pero en ese momento, una pequeña sonrisa se formó en mis labios. A

pesar de todo, aún teníamos nuestros recuerdos. Y en esos recuerdos, Fernando vivía, uniendo nuestras almas en un lazo irrompible.

Mientras comíamos, decidí compartir uno de mis recuerdos favoritos de Fernando.

—¿Recuerdan cuando Fer nos llevó al parque de diversiones y convenció a todos de subir a la montaña rusa más alta? — dije, viendo cómo sus rostros se iluminaban.

Margaret rió suavemente.

—Sí, nunca olvidaré cómo gritó todo el tiempo, pero luego dijo que fue la mejor experiencia de su vida.

Edgar asintió, una sonrisa triste en su rostro.

—Fernando siempre nos hacía sentir valientes.

Josh sonrió tímidamente.

—Lo extraño mucho.

—Todos lo extrañamos, Josh —dije, tomando su mano—. Pero siempre vivirá en nuestros recuerdos.

La cena continuó, y por primera vez en mucho tiempo, sentí que el dolor no era tan abrumador. Compartir nuestras historias de Fernando nos recordó que, aunque no estaba físicamente con nosotros, su espíritu seguía vivo en cada risa, en cada recuerdo.

Esa noche, mientras me preparaba para dormir, me prometí mantener viva la

memoria de Fernando. Aunque el camino hacia la sanación era largo y difícil, sabía que tenía a mi familia y nuestros recuerdos para apoyarme. Y con cada día que pasaba, encontraría la manera de honrar su vida, de vivir con la misma pasión y coraje que él me había enseñado.

Capítulo 3: La culpa

Las noches eran las peores. Cuando la oscuridad se asentaba en la casa y el silencio envolvía cada habitación, mi mente se convertía en un campo de batalla. Los recuerdos y las preguntas sin respuesta se arremolinaban, ahogándome en una marea de culpa y desesperación.

Una noche en particular, no pude soportarlo más. Me levanté de la cama y me dirigí a la cocina, buscando cualquier distracción que me ayudara a escapar de mis pensamientos. La luz tenue del refrigerador iluminó la habitación mientras buscaba algo que ni siquiera sabía que estaba buscando. Margaret, mi madre, apareció en la puerta, su figura una sombra tranquila en la penumbra.

—Jonh, ¿estás bien? —preguntó con suavidad, su voz cargada de preocupación.

Cerré la puerta del refrigerador y me apoyé en el mostrador, sintiendo el peso de su mirada.

—No puedo dormir, mamá. No puedo dejar de pensar en Fernando —admití, mi voz apenas un susurro.

Margaret se acercó y me abrazó, su calidez ofreciendo un pequeño consuelo.

—Lo sé, hijo. Todos lo extrañamos mucho —dijo, acariciándome el cabello como solía hacer cuando era niño.

El consuelo momentáneo se desvaneció rápidamente, reemplazado por una avalancha de culpa.

—Siento que es mi culpa, mamá. Tal vez si hubiera prestado más atención, si hubiera hablado con él más a menudo… —mi voz se quebró y las lágrimas comenzaron a brotar.

Margaret me sostuvo con más fuerza, sus propias lágrimas reflejando el dolor compartido.

—No es tu culpa, Jonh. Ninguno de nosotros podría haber sabido lo que estaba pasando dentro de Fernando —dijo, su voz firme pero temblorosa.

Pero las palabras de mi madre no podían disipar la sombra de la culpa que me perseguía. Me aparté suavemente de su abrazo y salí al porche trasero, necesitando aire, necesitaba espacio.

Me senté en el viejo columpio que Fernando y yo habíamos ayudado a instalar cuando éramos niños. Lo empujé suavemente con los pies, el movimiento rítmico ayudándome a ordenar mis pensamientos. ¿Por qué no vi las señales? ¿Por qué no me di cuenta de lo que estaba pasando?

Unos minutos más tarde, Josh apareció en la puerta del porche, sus ojos llenos de preocupación.

—Jonh, ¿estás bien? —preguntó, su voz pequeña y vulnerable.

Le hice un gesto para que se uniera a mí. Josh se sentó a mi lado, y por un momento, solo escuchamos el crujido del columpio y el canto de los grillos.

—A veces me siento tan culpable, Josh.
Siento que debería haber hecho algo más,
que debería haber sabido que Fernando
estaba sufriendo —dije finalmente,
rompiendo el silencio.

Josh miró hacia el cielo estrellado, sus
ojos reflejando la luz tenue.

—Yo también me siento así a veces. Pero
Fernando nunca quiso que nos
preocupáramos por él. Siempre estaba ahí
para nosotros, incluso cuando él mismo
estaba sufriendo —dijo, su voz madura
para su edad.

Asentí, reconociendo la verdad en sus
palabras. Fernando siempre había sido el
fuerte, el que cuidaba de todos. Pero,
¿quién estaba allí para cuidarlo a él?

—Recuerdo una vez, cuando tenía pesadillas, Fernando se sentaba conmigo hasta que me quedaba dormido de nuevo. Nunca me hizo sentir que era una carga —dijo Josh, su voz llena de nostalgia.

Cerré los ojos, dejando que los recuerdos llenaran mi mente. Fernando siempre había sido así, siempre presente, siempre dispuesto a ayudar. Pero había ocultado su propio dolor, y eso era algo que no podía perdonarme.

—Quisiera poder hablar con él una vez más, decirle cuánto lo extraño, cuánto lo quiero —dije, mi voz quebrándose.

Josh me miró con ojos llenos de comprensión.

—Yo también, Jonh. Pero creo que él lo sabe. Creo que, de alguna manera, siempre lo supo.

Nos quedamos en silencio un rato más, encontrando consuelo en la presencia del otro. Finalmente, decidimos regresar a la casa. Margaret y Edgar estaban sentados en la sala, hablando en voz baja. Al vernos, Margaret se levantó y nos abrazó a ambos.

—Estamos juntos en esto. No lo olviden —dijo, su voz firme.

Subí a mi habitación, sintiéndome un poco más ligero después de hablar con Josh y mi madre. Pero cuando me acosté en la cama, las preguntas volvieron a inundar mi mente. ¿Qué había pasado realmente en la vida de Fernando que lo llevó a tomar esa decisión? ¿Por qué no habló con nosotros? ¿Por qué no me habló a mí?

El insomnio seguía acechándome, así que me levanté y busqué en la habitación de Fernando. Quería encontrar algo, cualquier cosa que pudiera ofrecer una pista sobre su estado mental en esos últimos días. Abrí su escritorio y encontré su diario. Dudé un momento antes de abrirlo, sintiendo que estaba invadiendo su privacidad, pero necesitaba respuestas.

Las páginas estaban llenas de sus pensamientos, sus miedos, sus luchas internas. Cada palabra era una puñalada en el corazón, revelando un dolor que nunca había imaginado. Fernando había estado luchando durante mucho tiempo, y yo no me había dado cuenta.

Una entrada en particular me llamó la atención:

"Me siento atrapado. Todos esperan que sea fuerte, que siempre tenga las respuestas, pero estoy perdido. No quiero preocupar a Jonh, a mamá, a papá, a Josh. No quiero que sientan mi dolor. Pero a veces, es tan abrumador..."

Las lágrimas comenzaron a caer sobre las páginas. Fernando había estado cargando con tanto, y no había sabido cómo pedir ayuda. La culpa se mezcló con una profunda tristeza y una sensación de impotencia.

Decidí llevar el diario conmigo al terapeuta. En la próxima sesión, se lo mostré a la doctora Evans.

—Encontré esto en la habitación de Fernando. No sé qué hacer con todo lo que estoy sintiendo —dije, mi voz temblorosa.

La doctora Evans tomó el diario con cuidado y lo hojeó.

—Es comprensible que te sientas así, Jonh. La culpa es una reacción natural ante una pérdida tan trágica, pero debes recordar que Fernando tomó sus decisiones basadas en su propia lucha interna. No es tu culpa —dijo con suavidad.

—Lo sé, pero es difícil dejar de pensar que podría haber hecho algo para ayudarlo —respondí, sintiendo la familiar opresión en el pecho.

—Lo que estás sintiendo es válido. Pero necesitas encontrar la manera de perdonarte a ti mismo. Fernando no querría que te consumieras en la culpa. Necesitas encontrar una manera de honrar su memoria y seguir adelante —dijo la

doctora Evans, su voz firme pero compasiva.

Salí de la sesión con un poco más de claridad, aunque la culpa seguía presente. Sabía que el camino hacia la sanación sería largo y difícil, pero también sabía que tenía que intentarlo. Por Fernando, por mi familia, y por mí mismo.

Esa noche, me senté en el porche trasero y miré las estrellas. Recordé las palabras de Fernando y su amor por nosotros. Cerré los ojos y, por primera vez en mucho tiempo, sentí una pequeña chispa de paz. Decidí que, aunque la culpa nunca desaparecería por completo, trabajaría para perdonarme a mí mismo y vivir una vida que honrara la memoria de mi hermano.

Capítulo 4: El aislamiento en la escuela

Las mañanas se volvieron una batalla constante. Levantarme de la cama requería más esfuerzo del que podía reunir. La escuela, que solía ser un lugar de risas y aprendizaje, se había convertido en un escenario sombrío donde mi dolor me seguía como una sombra.

Cada paso hacia el edificio escolar era pesado. Los pasillos, antes llenos de vida, ahora parecían interminables túneles de soledad. Caminaba con la cabeza baja, evitando el contacto visual con cualquiera. La idea de hablar con alguien, de explicar lo que sentía, era abrumadora.

—Jonh, ¿quieres almorzar con nosotros?
—me preguntó Sam, un compañero de
clase y amigo de la infancia.

Lo miré brevemente, viendo la
preocupación en sus ojos, pero no podía
enfrentarme a la normalidad que sus
palabras implicaban.

—No, gracias. Tengo que... hacer algo —
mentí, alejándome rápidamente antes de
que pudiera responder.

Encontré un rincón tranquilo en la
biblioteca, un refugio donde podía
esconderme del mundo. Abrí un libro,
pero las palabras se desvanecieron ante
mis ojos, incapaces de penetrar la neblina
de mi mente.

Los días pasaban en un borrón monótono.
Cada clase era una prueba de resistencia,

donde intentaba mantenerme presente
mientras mi mente divagaba
constantemente hacia Fernando. ¿Cómo
podía concentrarme en matemáticas o
literatura cuando todo mi ser estaba
consumido por el dolor?

Durante una clase de historia, la maestra,
la señora Parker, notó mi distracción.

—Jonh, ¿puedes decirnos qué evento
marcó el comienzo de la Revolución
Americana? —preguntó, su tono amable
pero firme.

La pregunta me tomó por sorpresa, y me
encontré tartamudeando.

—Eh... lo siento, no lo sé —dije, sintiendo
las miradas de mis compañeros sobre mí.

La señora Parker me observó con preocupación, pero no insistió. En cambio, continuó con la lección, aunque pude sentir su mirada ocasional sobre mí.

El almuerzo se convirtió en el momento más solitario del día. Mientras mis compañeros se reunían en grupos, riendo y conversando, yo me sentaba solo en una mesa en la esquina del comedor. Mi comida permanecía intacta la mayor parte del tiempo; el apetito era un lujo que ya no tenía.

Una tarde, mientras me dirigía al aula de estudio, mi mejor amigo, Alex, me interceptó en el pasillo.

—Jonh, necesitamos hablar —dijo, su voz llena de preocupación.

Suspiré, sabiendo que no podría evitarlo más. Asentí y lo seguí a un aula vacía.

—¿Qué pasa, Alex? —pregunté, aunque ya sabía la respuesta.

—Estás desapareciendo, Jonh. No hablas con nadie, te aíslas. Todos estamos preocupados por ti —dijo, mirándome directamente a los ojos.

Sentí una mezcla de irritación y tristeza. No quería que nadie se preocupara, pero tampoco sabía cómo salir del agujero en el que me encontraba.

—Estoy bien, Alex. Solo necesito tiempo —dije, evitando su mirada.

Alex negó con la cabeza, frustrado.

—No, no estás bien. Lo que le pasó a
Fernando fue terrible, pero alejarte de
todos no te va a ayudar —dijo, su voz
rompiéndose al final.

Las palabras golpearon fuerte, pero no
podía aceptar su ayuda. No quería ser una
carga para nadie.

—No lo entiendes, Alex. No sé cómo seguir
adelante. Todo me recuerda a él, y duele
tanto —dije, sintiendo las lágrimas
amenazando con salir.

Alex se acercó y me puso una mano en el
hombro.

—Lo sé, Jonh. Todos extrañamos a
Fernando, pero él no querría verte así.
Déjanos ayudarte —dijo, su voz suave pero
firme.

Me quedé en silencio, luchando con mis emociones. Quería aceptar su ayuda, pero el dolor y la culpa me mantenían atrapado.

—Lo intentaré —dije finalmente, aunque no estaba seguro de cómo hacerlo.

Alex asintió, pareciendo aliviado.

—Eso es todo lo que te pido. No tienes que hacerlo solo.

Las semanas siguientes fueron un esfuerzo constante por mantener mi promesa. Intenté involucrarme más en las conversaciones, aunque seguía sintiéndome desconectado. La biblioteca seguía siendo mi refugio, pero ahora Alex a veces se unía a mí, su presencia una fuente de apoyo silencioso.

Una tarde, la señora Parker me detuvo después de clase.

—Jonh, ¿puedo hablar contigo un momento? —preguntó, su tono gentil.

Asentí, sintiendo un nudo en el estómago. Nos sentamos en su escritorio, y ella me miró con una compasión que casi me hizo llorar.

—He notado que has estado pasando por un momento difícil. Quiero que sepas que estoy aquí para ayudarte de cualquier manera que pueda —dijo, sus ojos reflejando una sincera preocupación.

La gratitud y la vergüenza se mezclaron en mi interior.

—Gracias, señora Parker. Es solo… difícil.
No sé cómo lidiar con todo esto —admití,
mi voz temblorosa.

Ella asintió, comprensiva.

—Perder a un ser querido es una de las
cosas más difíciles por las que podemos
pasar. Pero es importante recordar que no
estás solo. Tus amigos, tu familia, estamos
aquí para apoyarte —dijo.

La verdad en sus palabras me golpeó.
Había estado tan centrado en mi dolor que
había olvidado que no tenía que cargarlo
solo.

—Lo sé, pero a veces es tan abrumador —
dije, sintiendo las lágrimas correr por mis
mejillas.

La señora Parker me ofreció un pañuelo y me dio tiempo para recomponerme.

—Está bien sentirte abrumado. Pero recuerda que pedir ayuda no es una señal de debilidad, sino de fortaleza. Si alguna vez necesitas hablar, mi puerta siempre está abierta —dijo, sonriendo con calidez.

Salí de su aula sintiéndome un poco más ligero, como si el simple acto de hablar sobre mi dolor hubiera aliviado parte de su peso.

Esa noche, en casa, decidí hablar con mi madre. Margaret estaba en la cocina, preparando la cena, cuando me acerqué.

—Mamá, ¿puedo hablar contigo? —pregunté, mi voz insegura.

Ella dejó lo que estaba haciendo y se volvió hacia mí, su expresión llena de preocupación y amor.

—Claro, Jonh. ¿Qué pasa? —preguntó, guiándome hacia la mesa de la cocina.

Me senté, tomando una respiración profunda antes de comenzar.

—He estado luchando mucho en la escuela. Me siento tan solo y culpable por lo que le pasó a Fernando. No sé cómo seguir adelante —dije, mis palabras saliendo en un torrente.

Margaret me tomó de la mano, sus ojos llenos de lágrimas.

—Jonh, todos estamos lidiando con esta pérdida de diferentes maneras. No hay una forma correcta o incorrecta de

hacerlo. Pero quiero que sepas que estamos aquí para ti. No tienes que cargar con esto solo —dijo, su voz temblorosa pero firme.

Sentí una ola de alivio al escuchar sus palabras. Había estado tan atrapado en mi propio dolor que había olvidado que mi familia también estaba sufriendo.

—Gracias, mamá. Prometo que intentaré ser más abierto sobre lo que siento —dije, abrazándola con fuerza.

Esa noche, por primera vez en mucho tiempo, me sentí un poco más esperanzado. Sabía que el camino hacia la sanación sería largo y difícil, pero con el apoyo de mi familia y amigos, creía que podría encontrar la manera de seguir adelante. Fernando siempre estaría en mi corazón, y con el tiempo, aprendería a

vivir con su recuerdo en lugar de ser
consumido por su pérdida.

Capítulo 5: La carta

Las tardes en casa eran una mezcla de silencio y sombras. Mi familia y yo nos habíamos acostumbrado a vivir con la ausencia de Fernando, pero el vacío que dejó seguía siendo palpable. Fue en una de esas tardes, mientras buscaba una vieja foto en el escritorio de Fernando, que encontré algo inesperado: una carta.

El sobre era sencillo, sin ninguna dirección. Mi nombre estaba escrito con la letra inconfundible de Fernando. Sentí un nudo en el estómago mientras lo abría, temeroso y esperanzado a la vez. Con manos temblorosas, saqué la hoja y comencé a leer.

"Querido Jonh,

Si estás leyendo esto, significa que ya no estoy aquí. Lamento mucho haberte dejado de esta manera. No fue una decisión fácil, y quiero que sepas que no fue culpa de nadie, especialmente tuya.

He estado luchando con mis propios demonios durante mucho tiempo, y a pesar de lo mucho que intenté, no pude encontrar una salida. No quería que te preocuparas, así que lo mantuve todo dentro. Pero, Jonh, quiero que sepas que siempre te he amado y siempre te amaré. Tú y Josh son lo mejor que me ha pasado.

Por favor, cuida de nuestra familia. Y no te olvides de vivir tu vida, de buscar tu felicidad. No dejes que mi partida te robe la alegría que mereces.

Con amor,

Fernando"

Las lágrimas caían sobre la carta,
emborronando algunas de las palabras.
Me sentí abrumado por una mezcla de
dolor, amor y una súbita urgencia de
entender más. Fernando había intentado
protegernos incluso en sus últimos
momentos. Pero, ¿de qué estaba tratando
de protegernos? ¿Qué era lo que le había
atormentado tanto?

Decidí que debía averiguarlo. La carta
había encendido en mí una chispa de
determinación que no había sentido en
mucho tiempo. Tomé la carta y bajé al
salón, donde Margaret y Edgar estaban
sentados en silencio.

—Mamá, papá, encontré esto en la
habitación de Fernando —dije, mostrando
la carta.

Margaret tomó la carta con manos temblorosas y comenzó a leer. Sus lágrimas se unieron a las mías mientras leía en voz alta para Edgar.

—Oh, Fernando... —murmuró Margaret, su voz quebrándose.

Edgar se levantó y nos abrazó a ambos, su rostro una máscara de dolor contenido.

—Tenemos que entender lo que le pasó, papá. No podemos seguir así sin saber —dije, mi voz firme.

Margaret asintió, secándose las lágrimas.

—Estoy de acuerdo, Jonh. Tal vez si entendemos más, podamos encontrar un poco de paz —dijo, su voz suave pero decidida.

Esa noche, me senté en la cama con la carta de Fernando en las manos, repasando cada palabra una y otra vez. Al día siguiente, me dirigí a la escuela con una nueva misión. Necesitaba hablar con las personas que habían estado cerca de Fernando en sus últimos días, sus amigos, sus profesores, cualquier persona que pudiera arrojar luz sobre su estado de ánimo.

Después de las clases, me acerqué a Sam, uno de los amigos más cercanos de Fernando.

—Sam, ¿puedo hablar contigo un momento? —pregunté, tratando de sonar casual.

Sam me miró con sorpresa pero asintió.

—Claro, Jonh. ¿Qué pasa? —preguntó mientras caminábamos hacia un lugar más tranquilo.

Saqué la carta y se la mostré, explicándole cómo la había encontrado.

—Necesito entender qué estaba pasando por la mente de Fernando. ¿Notaste algo extraño en él en los últimos días? —pregunté, mi voz llena de urgencia.

Sam leyó la carta en silencio antes de devolverme el sobre.

—Fernando siempre fue bueno ocultando sus sentimientos. Pero recuerdo que en las últimas semanas estaba más callado, más distante. Pensé que solo estaba estresado por los exámenes, pero ahora me doy cuenta de que era algo más —dijo, su voz llena de arrepentimiento.

—¿Sabes si había alguien más con quien hablaba? ¿Alguien que pudiera saber más? —pregunté, tratando de no desesperarme.

—Tal vez la señora Parker. Sé que él solía quedarse después de clase para hablar con ella. Podría tener alguna idea —sugirió Sam.

Le agradecí y me dirigí a la oficina de la señora Parker. Tenía esperanzas de que ella pudiera arrojar más luz sobre lo que había estado pasando con Fernando.

—Señora Parker, ¿podría hablar con usted un momento? —pregunté, mi voz temblorosa.

Ella me miró con compasión y asintió, invitándome a sentarme.

—Claro, Jonh. ¿En qué puedo ayudarte? — preguntó, su tono suave y atento.

Le mostré la carta y le expliqué mi búsqueda de respuestas.

—Fernando siempre parecía tan fuerte, pero sé que hablaba con usted a menudo. ¿Notó algo que pueda ayudarme a entender? —pregunté, tratando de mantener la calma.

La señora Parker suspiró y se quitó las gafas, frotándose los ojos.

—Fernando era un joven muy complejo, Jonh. Recuerdo que en nuestras conversaciones a menudo hablaba de sentirse abrumado por las expectativas, por la presión de ser el hermano mayor y el apoyo para todos ustedes. Intenté aconsejarle que buscara ayuda

profesional, pero creo que sentía que debía manejarlo solo —dijo, su voz llena de tristeza.

Supe entonces que Fernando había llevado una carga mucho más pesada de lo que habíamos imaginado. Pero también supe que mi búsqueda no había terminado. Debía seguir adelante, hablar con más personas y quizás, con suerte, encontrar una manera de reconciliarme con su pérdida.

Esa noche, hablé con Josh en su habitación. Él estaba jugando con sus juguetes, tratando de mantenerse distraído.

—Josh, encontré una carta de Fernando. ¿Quieres leerla conmigo? —pregunté, sentándome a su lado.

Josh asintió con ojos grandes y llenos de curiosidad. Le leí la carta en voz alta, y cuando terminé, lo miré para ver su reacción.

—Extraño a Fernando, Jonh. ¿Por qué tuvo que irse? —preguntó, su voz pequeña y llena de dolor.

Lo abracé con fuerza, sintiendo una oleada de protectividad hacia mi hermano menor.

—No lo sé, Josh. Pero vamos a descubrirlo juntos, ¿de acuerdo? Vamos a entender por qué hizo lo que hizo, y vamos a asegurarnos de que él siempre viva en nuestros corazones —dije, mi voz firme.

Josh asintió, y por primera vez en mucho tiempo, sentí una pequeña chispa de esperanza. Aunque la búsqueda de respuestas sería difícil y a menudo

dolorosa, sabía que era necesaria. Tenía que entender, no solo por mí, sino por toda nuestra familia. Fernando merecía ser recordado, no solo por su trágica muerte, sino por la persona maravillosa que había sido.

Con esa determinación, me acosté esa noche, sosteniendo la carta de Fernando cerca de mi corazón, prometiéndome a mí mismo que encontraría la verdad, y que en el proceso, encontraría la manera de sanar.

Capítulo 6: Los días oscuros

Cada día comenzaba con la misma pesadez. El despertador sonaba con insistencia, pero mi mente se resistía a abandonar los sueños donde Fernando todavía estaba con nosotros. Era como si cada despertar fuera un recordatorio cruel de la realidad que prefería evitar.

Me arrastraba de la cama y me vestía en automático, sin entusiasmo ni energía. Mi reflejo en el espejo del baño mostraba ojeras profundas y ojos cansados que ya no brillaban con la misma intensidad de antes. Cada día era una batalla interna entre seguir adelante y dejarme arrastrar por el abismo del dolor.

En el desayuno, Margaret y Edgar intercambiaban miradas preocupadas mientras conversaban en voz baja. A menudo, notaba cómo sus voces se volvían más suaves cuando yo entraba en la habitación, como si estuvieran intentando protegerme de algo invisible pero omnipresente. Me sentía agradecido por su cuidado, pero también me preguntaba si alguna vez volverían a verme como antes.

En la escuela, los pasillos se extendían como laberintos desolados. Mis pasos eran lentos y mis pensamientos, turbios. Evitaba a la mayoría de mis compañeros, incapaz de soportar la normalidad que habían recuperado después de la muerte de Fernando. La risa y las conversaciones me parecían ajenas, como si estuvieran ocurriendo en un mundo aparte al que ya no pertenecía.

Durante las clases, luchaba por mantener la concentración. Las palabras del profesor se desvanecían en un murmullo de fondo mientras mi mente divagaba hacia recuerdos de momentos compartidos con Fernando. Su risa resonaba en mi cabeza, su voz vibrante y llena de vida. Cerraba los ojos con fuerza, tratando de alejar esos pensamientos, pero siempre regresaban con más fuerza.

Mis notas comenzaron a reflejar mi estado de ánimo. Donde antes había excelencia, ahora había mediocridad. Tareas a medio terminar, exámenes con respuestas vagas y ensayos sin la profundidad que solía caracterizarme. La decepción en los rostros de mis profesores era palpable, pero ya no tenía la energía para disculparme o prometer mejoras.

Durante el almuerzo, me sentaba solo en una mesa apartada. Observaba a mis compañeros reír y charlar, preguntándome cómo habían logrado mantenerse tan ajenos al dolor que me consumía. A veces, Sam se acercaba con una bandeja en la mano y una mirada preocupada en los ojos.

—Jonh, ¿quieres que nos sentemos juntos? —preguntó una vez más, su voz llena de compasión.

Agradecí su gesto con un gesto débil de cabeza, pero siempre encontraba una excusa para alejarme antes de que pudiera unirse a mí. No quería su simpatía, no quería ser un recordatorio constante de la tragedia que había sacudido nuestras vidas.

Después de la escuela, regresaba a casa y me encerraba en mi habitación. La puerta se convertía en una barrera física contra el mundo exterior, un refugio donde podía dejar caer las defensas que mantenía durante el día. A menudo, me encontraba acurrucado en la cama, mirando el techo mientras los minutos se deslizaban sin sentido.

Las noches eran aún peores. La oscuridad traía consigo un silencio que era ensordecedor. Me sumergía en pensamientos oscuros y preguntas sin respuestas. ¿Qué más podría haber hecho para salvar a Fernando? ¿Por qué no vi las señales de su sufrimiento? El peso de la culpa y la pena me arrastraba hacia abajo, amenazando con ahogarme en un mar de emociones incontrolables.

Margaret y Edgar intentaban mantener una semblanza de normalidad en casa. Las cenas eran ocasiones silenciosas donde las palabras escaseaban y las miradas hablaban por sí solas. Josh, aún joven para entender completamente la magnitud de nuestra pérdida, a menudo buscaba consuelo en los abrazos de Margaret, su inocencia una bocanada de aire fresco en medio de la tristeza.

Una noche, mientras revisaba los cajones de Fernando en busca de algo que pudiera darme una pista más sobre sus pensamientos, encontré un diario. Las páginas estaban llenas de dibujos y pensamientos dispersos. Encontré una entrada que parecía escrita poco antes de su partida.

"Jonh y Josh merecen un hermano mejor. No puedo seguir adelante con esto. No hay salida."

Mis manos temblaban mientras leía esas palabras una y otra vez. Sentí cómo el corazón se me encogía en el pecho, el peso de la culpa aplastándome aún más. ¿Cómo no pude ver cuánto estaba sufriendo? ¿Cómo pude fallarle de esta manera?

Cerré el diario con cuidado y lo devolví a su lugar, sintiendo una mezcla abrumadora de dolor y determinación. Tenía que encontrar una manera de honrar la memoria de Fernando, de encontrar la paz para todos nosotros. Pero primero, tenía que encontrar la fuerza para enfrentar cada día, cada momento oscuro que amenazaba con consumirme por completo.

Con esa promesa en mente, me acurruqué bajo las sábanas esa noche, buscando un resquicio de esperanza en el abismo que amenazaba con engullirme.

Capítulo 7: El terapeuta

Decidirme a buscar ayuda fue una de las decisiones más difíciles que he tenido que tomar. Durante semanas, había estado luchando en silencio contra el peso abrumador de la pérdida de Fernando. Cada día era una batalla para mantenerme a flote, para encontrar sentido en un mundo que parecía haber perdido todo sentido desde su partida.

Margaret fue quien finalmente me convenció de ver a un terapeuta. La preocupación en sus ojos cada vez que me veía sumido en el silencio fue suficiente para romper la barrera de mi orgullo. A regañadientes, acepté la idea de que tal vez no podía hacerlo solo, que necesitaba ayuda para navegar por el laberinto de

emociones que me había consumido por
completo.

La primera sesión fue como entrar en un
territorio desconocido y temido. La sala de
espera del consultorio del terapeuta era
tranquila, con una luz tenue que parecía
empeñada en envolverme en una especie
de seguridad incómoda. Cada segundo se
estiraba como si el tiempo mismo se
resistiera a que avanzara.

Cuando llegó mi turno, caminé hacia la
puerta entreabierta y me encontré con la
mirada serena de la terapeuta, la Dra.
Adams. Su voz era suave y acogedora
mientras me invitaba a sentarme en el
cómodo sofá frente a ella.

—Hola, Jonh. Soy la Dra. Adams. ¿Cómo te
sientes hoy? —preguntó, su tono lleno de
genuina preocupación.

Me senté con las manos entrelazadas en mi regazo, luchando contra el impulso de levantarme y huir. Hablar de mis sentimientos nunca había sido mi fuerte, y ahora enfrentaba la perspectiva de abrir las compuertas que había mantenido cerradas con fuerza desde la muerte de Fernando.

—No sé por dónde empezar —murmuré, mi voz apenas un susurro en la quietud de la habitación.

La Dra. Adams asintió comprensivamente.

—Entiendo que esto puede ser difícil para ti, Jonh. Pero estoy aquí para escucharte, sin juicios y con el objetivo de ayudarte a encontrar claridad en este momento difícil —dijo, su voz resonando con una calidez tranquilizadora.

Respiré hondo y comencé a hablar, con
vacilación al principio pero con una
creciente urgencia a medida que las
palabras encontraban su camino.

—Mi hermano, Fernando... se suicidó hace
unos meses. Y desde entonces, siento
como si estuviera atrapado en un remolino
de emociones. Culpa, tristeza, rabia... me
consumen cada día. No puedo dejar de
preguntarme si pude haber hecho algo
para evitarlo, si hay algo que podría haber
cambiado su destino —dije, mis palabras
brotando con más fuerza a medida que la
carga emocional se liberaba.

La Dra. Adams me escuchaba
atentamente, tomando notas
ocasionalmente mientras yo hablaba.

—Es normal sentirse así después de una pérdida tan devastadora, Jonh. El dolor que estás experimentando es comprensible y válido. Quiero que sepas que no estás solo en esto y que podemos trabajar juntos para encontrar formas de aliviar tu sufrimiento —respondió con voz tranquila, ofreciéndome una pequeña tabla de salvación en medio de mi tormenta emocional.

A lo largo de las siguientes semanas, las sesiones con la Dra. Adams se convirtieron en un faro de estabilidad en mi vida. Cada semana, me sentaba en el mismo sofá y me enfrentaba a mis demonios internos bajo la guía cuidadosa y empática de la terapeuta. Hablábamos sobre Fernando, sobre mi familia, sobre mis miedos más profundos y mis esperanzas más escondidas.

Hubo momentos en los que me sentí tentado a cerrarme nuevamente, a enterrar mis emociones bajo capas de negación y autoprotección. Pero la Dra. Adams era paciente y persistente. Me alentaba a explorar cada rincón oscuro de mi corazón, a desentrañar las complejidades de mi dolor y a encontrar formas saludables de enfrentarlo.

—Jonh, hablar sobre tus sentimientos no es una muestra de debilidad, sino de fuerza. Reconocer tu dolor es el primer paso hacia la curación —me recordaba cada vez que sentía que me ahogaba en la tristeza.

Poco a poco, comencé a notar cambios dentro de mí. Aunque el dolor seguía presente, ya no me consumía por completo. Empecé a encontrar momentos de paz entre las olas de tristeza, pequeños

destellos de esperanza en medio del desaliento.

Una tarde, durante una sesión especialmente difícil, la Dra. Adams me preguntó algo que cambió mi perspectiva.

—Jonh, ¿cómo crees que Fernando querría que recordaras su vida? —preguntó, sus ojos azules mirándome con gentileza.

Tomé un momento para reflexionar antes de responder.

—Creo que Fernando querría que recordáramos los buenos momentos que compartimos juntos, su risa contagiosa, su amor por la familia. No creo que quisiera que nos consumiéramos en el dolor para siempre —respondí lentamente, las palabras resonando con una nueva claridad en mi mente.

La Dra. Adams asintió, sonriendo
ligeramente.

—Entonces, ¿qué te impide permitirte
encontrar alegría nuevamente? —
preguntó, su pregunta resonando en lo
más profundo de mi ser.

Esa noche, mientras miraba las estrellas
desde la ventana de mi habitación, me di
cuenta de que había llegado el momento
de empezar a sanar. Aún quedaba un largo
camino por recorrer, pero ya no tenía
miedo de dar el siguiente paso hacia
adelante, hacia una vida donde el amor y
los recuerdos de Fernando pudieran
coexistir con la esperanza de un futuro
mejor.

Y así, con la guía del terapeuta y el amor
incondicional de mi familia, comencé a

encontrar mi camino de regreso a la luz,
dejando atrás los días oscuros pero
llevando conmigo el legado de mi
hermano, siempre vivo en mi corazón.

Capítulo 8: Las conversaciones difíciles

Las conversaciones con mi familia habían cambiado desde la partida de Fernando. Donde antes había risas y confidencias, ahora predominaban las miradas preocupadas y las palabras cuidadosas que buscaban no herir más de lo necesario.

Una tarde de sábado, mientras ayudaba a Margaret a preparar la cena en la cocina, sentí que había llegado el momento de abordar algunos de los temas que habíamos evitado durante demasiado tiempo.

—Mamá, ¿podemos hablar un momento?
—pregunté, con la voz un poco más firme
de lo habitual.

Margaret dejó de cortar las verduras y me
miró con atención, sus ojos verdes
reflejando la preocupación materna que
siempre estaba presente desde la tragedia.

—Claro, Jonh. ¿Qué te preocupa? —
respondió suavemente, colocando el
cuchillo sobre la tabla de cortar y
dedicándome toda su atención.

Respiré hondo, sintiendo el peso de las
palabras que estaban a punto de salir de
mi boca.

—Sé que todos estamos tratando de seguir
adelante, pero siento que hay muchas
cosas que nunca hemos hablado desde...

desde que Fernando se fue —dije, mi voz temblando ligeramente.

Margaret asintió con tristeza, suspirando profundamente.

—Lo sé, Jonh. Ha sido difícil para todos nosotros. No quiero que sientas que no puedes hablar de lo que sea que te esté molestando —respondió con sinceridad, sus manos apretando ligeramente el borde de la encimera.

—Es solo que... a veces me siento tan perdido, tan abrumado por todo esto. Me pregunto si alguna vez volveremos a ser una familia normal —confesé, mis palabras saliendo con más rapidez ahora que había comenzado.

Margaret me abrazó con ternura, acercándome a su pecho como lo había hecho cuando era niño.

—Jonh, no espero que las cosas vuelvan a ser como antes. Pero podemos aprender a vivir de nuevo, a encontrar una nueva forma de ser familia. Estamos juntos en esto, pase lo que pase —dijo, susurrando palabras de consuelo que resonaron profundamente en mi corazón.

Después de la cena, mientras Josh y yo ayudábamos a Edgar a limpiar el jardín trasero, decidí hablar también con mi padre. Siempre había sido un hombre de pocas palabras, pero su presencia tranquila y su fuerza serena eran un faro de estabilidad en medio de nuestra tormenta familiar.

—Papá, ¿te importa si hablamos un momento? —pregunté, sintiendo la necesidad de conectar con él de una manera que nunca antes había sentido.

Edgar detuvo su trabajo y se secó el sudor de la frente con la manga de su camisa.

—Claro, hijo. ¿De qué quieres hablar? —respondió con calma, sus ojos marrones buscando los míos con atención.

—Es sobre Fernando. A veces siento que no sé cómo lidiar con su ausencia, cómo seguir adelante sin él —confesé, mis emociones luchando por salir a la superficie.

Edgar dejó caer la herramienta que estaba usando y se acercó a mí, poniendo una mano reconfortante en mi hombro.

—Yo también extraño a Fernando, Jonh. Pero tenemos que encontrar la manera de honrar su memoria viviendo nuestras vidas de la mejor manera posible. Él siempre querría eso para nosotros —dijo, su voz grave pero llena de amor.

Su simple afirmación me dio una sensación de propósito renovado. Sabía que, aunque el dolor nunca desaparecería por completo, había fuerza y consuelo en el apoyo mutuo de mi familia.

Después de hablar con Edgar, decidí que era hora de tener una conversación con Josh. Él era joven, solo un niño, pero había sido testigo de más de lo que cualquier niño debería ver en su corta vida. Lo encontré jugando con sus autos en su habitación, una escena de normalidad que contrastaba dolorosamente con la tragedia que había sacudido nuestro hogar.

—Josh, ¿puedo hablar contigo un momento? —pregunté, sintiéndome repentinamente mayor y más responsable de lo que mis diecisiete años podrían justificar.

Josh me miró con curiosidad, dejando de jugar y sentándose en el suelo frente a mí.

—¿Qué pasa, Jonh? —preguntó, sus ojos azules grandes y llenos de confianza en mí.

Tomé aliento, tratando de encontrar las palabras adecuadas para explicarle lo que estaba sintiendo, lo que estábamos todos sintiendo como familia.

—Sé que ha sido difícil para ti desde que Fernando se fue. Y quiero que sepas que siempre estoy aquí para ti, ¿de acuerdo? —comencé, mis propias emociones

haciéndome luchar para mantener la
compostura.

Josh asintió solemnemente, sus labios
temblando ligeramente.

—Yo también extraño a Fernando. ¿Por
qué se fue, Jonh? ¿Por qué no está aquí
con nosotros? —preguntó, su voz
temblorosa con la inocencia de la infancia
perdida.

Me arrodillé frente a él y lo abracé con
fuerza, sintiendo un dolor agudo por la
carga que llevaba en sus hombros jóvenes.

—No lo sé, Josh. Pero lo que sí sé es que
siempre estará en nuestro corazón, y que
siempre estaremos juntos como familia,
pase lo que pase —dije, mis palabras
destinadas tanto a él como a mí mismo.

Josh me devolvió el abrazo con una intensidad que solo los niños pequeños pueden tener, y en ese momento supe que, juntos, encontraríamos la fuerza para seguir adelante.

Después de esa noche, las conversaciones difíciles se convirtieron en parte de nuestra nueva normalidad. Aunque el dolor no desapareció de la noche a la mañana, cada conversación nos acercaba un poco más a la comprensión mutua y a la sanación compartida. Con el amor y el apoyo de mi familia, encontré la fortaleza para enfrentar cada día con renovada determinación, sabiendo que juntos podríamos superar cualquier desafío que la vida nos presentara.

Capítulo 9: El fondo del pozo

Ha pasado un año desde que Fernando se fue, pero el dolor no ha disminuido. En lugar de eso, se ha convertido en una presencia constante, una sombra oscura que me sigue a todas partes. Hoy, me encuentro en mi habitación, sintiendo que he llegado al fondo del pozo emocional en el que he estado luchando por mantenerme a flote.

Me siento en el borde de mi cama, mirando sin ver las paredes que me rodean. El sol de la tarde se filtra a través de la ventana entreabierta, pintando patrones de luz y sombra en el suelo de madera. Mis pensamientos giran sin control, una mezcla tumultuosa de tristeza, culpa y rabia.

—Jonh, ¿estás bien? —pregunta Margaret desde la puerta entreabierta, su voz llena de preocupación.

Giro la cabeza lentamente hacia ella, sintiendo una punzada de culpa por preocuparla una vez más.

—Sí, mamá. Solo estoy pensando —respondo, intentando sonar más calmado de lo que me siento.

Ella entra en la habitación y se sienta a mi lado en la cama, colocando una mano reconfortante en mi hombro.

—Hijo, sé que cada día es una lucha. Pero estamos aquí para ti, siempre —dice con voz suave, sus ojos verdes buscando los míos en busca de algún indicio de cómo puedo estar sintiéndome.

Sus palabras me hacen querer abrirme, contarle todo lo que me está atormentando. Pero también siento miedo, miedo de que no pueda soportar ver el dolor en sus ojos una vez más.

—¿Te gustaría hablar sobre lo que te está molestando? —pregunta Margaret con cautela, dejando la pregunta abierta en caso de que decida compartir mis pensamientos.

Respiro hondo, sintiendo cómo la tristeza se acumula en mi pecho como una losa pesada.

—Siento que no puedo soportar esto, mamá. La culpa me está consumiendo. Me pregunto una y otra vez si pude haber hecho algo diferente para salvar a Fernando. Si hubiera sido más atento, si hubiera notado las señales... —confieso,

mis palabras entrecortadas por el nudo en mi garganta.

Margaret me abraza con fuerza, su abrazo cálido y reconfortante como un refugio en medio de la tormenta.

—Jonh, escúchame. No es tu culpa. No había forma de que pudieras saber lo que estaba pasando en la mente de Fernando. Él... tomó una decisión difícil y dolorosa, pero no fue culpa tuya —dice con voz firme pero amorosa.

Me aferro a sus palabras con desesperación, deseando poder creerlas completamente.

—Lo sé, mamá. Pero siento que no he sido lo suficientemente fuerte para enfrentar esto. Me siento atrapado en un agujero sin fondo, y no sé cómo salir de él —digo, mi

voz apenas un susurro en la quietud de la habitación.

Margaret me sostiene con ternura, acariciando mi cabello como lo hizo cuando era niño pequeño.

—A veces, Jonh, la fuerza no se trata de ser invencible, sino de permitirnos ser vulnerables y pedir ayuda cuando la necesitamos. Es normal sentirse abrumado por el dolor. Pero estás rodeado de amor y apoyo, y juntos encontraremos una manera de salir de este agujero —dice con voz tranquilizadora.

Nos quedamos en silencio por un momento, el tiempo suspendido entre nosotros mientras ambos procesamos las emociones que hemos compartido. Finalmente, Margaret se levanta de la cama y se dirige hacia la puerta.

—Voy a hacer té. ¿Te gustaría que te traiga una taza? —pregunta, su oferta de consuelo simple pero significativa.

Asiento con gratitud, sintiendo un leve alivio por haber compartido una parte de mi dolor con ella. Mientras espero en la habitación tranquila, mis pensamientos se deslizan hacia Fernando, hacia las memorias compartidas y las palabras no dichas.

Poco después, Margaret regresa con dos tazas de té caliente. Me entrega una con una sonrisa suave, y juntos nos sentamos en silencio, saboreando el calor reconfortante mientras el sol se pone lentamente fuera de la ventana.

Esa noche, mientras me acurruco bajo las sábanas, siento un destello de esperanza

en mi corazón. Sé que el camino hacia la curación será largo y lleno de altibajos, pero también sé que no estoy solo. Con el amor de mi familia como mi ancla y mi guía, sé que encontraré la fuerza para volver a salir a flote, hacia la luz que parece tan lejana pero que sé que está allí, esperándome al final del túnel.

Parte 2: Búsqueda de Esperanza

Capítulo 10: Primeros pasos

Después de semanas sumido en la
oscuridad emocional, sentía que era hora
de intentar dar algunos pasos hacia
adelante, por pequeños que fueran. El
peso del dolor seguía sobre mis hombros,
pero había un destello de determinación
que había estado creciendo lentamente
dentro de mí.

Una mañana, decidí levantarme temprano
antes de que el sol inundara mi habitación.
El silencio envolvía la casa mientras
caminaba por los pasillos familiares, cada
paso resonando con una especie de
determinación renovada. Mis padres aún
dormían, y Josh seguramente estaba
soñando con aventuras en sus mundos de
juguete.

Salí al jardín trasero, el rocío de la mañana aún fresco bajo mis pies descalzos. Miré a mi alrededor, viendo el césped húmedo brillando a la luz del amanecer y las flores que mi madre había plantado con tanto cuidado al borde del jardín.

Decidí que necesitaba algo más que simplemente sentarme y dejarme consumir por el dolor. Caminé hacia la pequeña mesa de jardín que solía ser nuestro lugar favorito para el desayuno familiar en las mañanas de verano. Me senté y cerré los ojos, respirando profundamente el aire fresco y tratando de encontrar un momento de paz en medio de la tormenta interna.

Mis padres, al notar mi ausencia en la mesa del desayuno, salieron al jardín con

expresiones mezcladas de preocupación y esperanza en sus rostros.

—Jonh, ¿estás bien? —preguntó Margaret, su voz suave y preocupada.

Abrí los ojos y la miré con una sonrisa forzada.

—Sí, mamá. Solo necesitaba un poco de aire fresco esta mañana —respondí, intentando sonar más seguro de lo que realmente me sentía.

Edgar se acercó y se sentó a mi lado, poniendo una mano en mi hombro.

—Es bueno verte fuera, hijo. ¿Cómo estás hoy? —preguntó con calma, sus ojos marrones buscando los míos con un rastro de esperanza.

—Intentando tomar las cosas un paso a la vez —respondí honestamente, sintiendo un nudo en la garganta al expresar mis pensamientos en voz alta.

Margaret se sentó frente a mí y tomó mi mano entre las suyas.

—Jonh, estoy orgullosa de ti por salir hoy. Sé que cada día es una lucha, pero estamos aquí contigo en cada paso del camino —dijo con voz suave pero firme, sus ojos verdes brillando con determinación.

Josh apareció corriendo desde la casa, su rostro iluminado por una sonrisa radiante.

—¡Jonh! ¿Quieres jugar conmigo? ¡Tengo un nuevo juego que quiero mostrarte! —exclamó con entusiasmo, sus ojos azules

brillando con la inocencia y la alegría de la
infancia.

Me sorprendí al sentir un destello de
alegría en mi corazón al ver la emoción de
Josh. Él era tan joven, tan desprovisto de
la carga del dolor y la pérdida que me
había envuelto. Me levanté de la mesa y
sonreí sinceramente por primera vez en
mucho tiempo.

—¡Claro, Josh! Llévame a tu mundo de
aventuras —respondí, sintiendo cómo una
pequeña chispa de esperanza comenzaba
a encenderse dentro de mí.

Pasamos la mañana jugando en el jardín,
corriendo por el césped y riendo como si el
dolor no fuera más que una sombra
distante. Josh me arrastró a su mundo
imaginario, donde los problemas se

resolvían con valor y creatividad, y la alegría se encontraba en cada esquina.

Esa noche, mientras me acostaba en mi cama, reflexioné sobre el día que había pasado. Aunque el dolor aún estaba presente, había experimentado momentos de alivio y conexión que no había sentido en mucho tiempo. Decidí que cada pequeño paso hacia adelante, por más modesto que fuera, era un paso en la dirección correcta.

Con el amor y el apoyo de mi familia, sabía que encontraría la fuerza para seguir adelante, paso a paso, día a día. Aunque el camino hacia la curación sería largo y lleno de desafíos, estaba decidido a seguir caminando hacia la luz, con la esperanza de que algún día el dolor se convertiría en una memoria tranquila y el amor de

Fernando seguiría brillando en nuestros corazones.

Capítulo 11: Los diarios de Fernando

Después de meses de navegar a través de la niebla del duelo, me encontré en el desván de nuestra casa un sábado por la tarde, buscando entre cajas empolvadas que contenían recuerdos olvidados. Mis padres habían guardado muchas de las pertenencias de Fernando en el desván, como si fueran tesoros demasiado dolorosos para enfrentar de inmediato.

Entre viejas fotografías y libros de infancia, encontré una caja de cartón marrón con el nombre de Fernando escrito en letras cursivas en la tapa. Mi corazón latía con una mezcla de curiosidad y

ansiedad mientras abría la caja
cuidadosamente.

Dentro, encontré diarios antiguos, con las
tapas gastadas y las páginas amarillentas
por el tiempo. Los diarios de Fernando.
Sentí un nudo en la garganta mientras los
sacaba uno por uno, viendo las fechas
escritas en la parte inferior de cada
página, una ventana al mundo interior de
mi hermano que nunca había conocido
completamente.

Me senté en el suelo del desván, rodeado
por el polvo y las sombras del pasado, y
comencé a hojear uno de los diarios con
manos temblorosas. Las primeras páginas
estaban llenas de dibujos y bocetos,
reflejando la creatividad y la sensibilidad
artística de Fernando desde una edad
temprana. Pero a medida que avanzaba en
las páginas, las palabras de su escritura se

volvían más densas, más profundas en su dolor.

—Jonh, ¿qué estás haciendo aquí? —preguntó Margaret desde la puerta entreabierta del desván, su voz llena de sorpresa y preocupación al verme sentado entre las reliquias del pasado.

—Encontré los diarios de Fernando, mamá —respondí, mi voz apenas un susurro mientras sostenía uno de los diarios con reverencia.

Margaret se acercó lentamente y se sentó a mi lado, mirando los diarios con una mezcla de tristeza y curiosidad.

—¿Deberíamos estar leyéndolos, Jonh? —preguntó con cautela, como si temiera abrir una puerta que no deberíamos cruzar.

Respiré profundamente y asentí
lentamente.

—Creo que necesito entender más, mamá.
Necesito saber qué estaba pasando en la
mente de Fernando, qué lo llevó a... tomar
esa decisión —dije con dificultad, mis
emociones luchando por encontrar
palabras adecuadas.

Margaret puso una mano reconfortante
sobre mi hombro.

—Está bien, Jonh. Entiendo. Pero recuerda
que los diarios pueden contener cosas
difíciles de leer. Estás seguro de que
quieres hacer esto ahora? —preguntó, su
voz suave pero firme.

Asentí nuevamente, decidido a enfrentar la
verdad, por más dolorosa que fuera.

Abrí el diario que tenía en las manos y comencé a leer las primeras líneas, que estaban fechadas hace varios años. Las palabras de Fernando saltaron de la página, llenas de angustia y confusión.

"Hoy ha sido otro día en el que me siento como si estuviera atrapado en una tormenta sin fin. No importa cuánto intente sonreír o ser lo que los demás esperan de mí, la oscuridad siempre está allí, acechando en las sombras. ¿Cómo puedo seguir adelante cuando todo parece tan vacío?"

Cada página que giraba revelaba más de los pensamientos y sentimientos internos de Fernando, sus luchas con la depresión y la ansiedad que había mantenido ocultas incluso de los más cercanos a él. Sus palabras eran como un eco de mi propio

dolor, una ventana a un mundo de dolor y desesperación que nunca había visto en su totalidad.

—Jonh, esto es… —comenzó Margaret, su voz temblando ligeramente mientras leía junto a mí.

—Sí, mamá. Es mucho más de lo que imaginaba —respondí, mi voz igualmente afectada por las revelaciones en las páginas amarillentas.

Seguimos leyendo en silencio durante lo que pareció horas, cada palabra profundizando nuestra comprensión de lo que Fernando había estado enfrentando en silencio todo este tiempo. Las lágrimas se deslizaron por mis mejillas mientras veía a través de los ojos de mi hermano, deseando desesperadamente haber sabido

antes, haber hecho algo para aliviar su carga.

Cuando finalmente cerré el último diario y lo puse con cuidado de nuevo en la caja, sentí una mezcla de agotamiento emocional y un extraño alivio. Aunque las palabras de Fernando no podían traerlo de vuelta, habían arrojado luz sobre su dolor y me habían dado una pequeña medida de paz al saber que no había estado solo en su lucha.

—Gracias por compartir esto conmigo, Jonh —dijo Margaret suavemente, limpiando una lágrima de su mejilla con el dorso de la mano.

Me volví hacia ella y la abracé con fuerza, sintiendo un lazo renovado entre nosotros a través de las páginas de los diarios de Fernando.

—Gracias a ti, mamá. Juntos encontraremos la forma de seguir adelante —dije con determinación, sabiendo que, aunque el dolor no desaparecería fácilmente, había encontrado un atisbo de paz y comprensión en la memoria de mi hermano.

Esa noche, mientras me acostaba en mi cama, pensé en Fernando y en las palabras que había dejado atrás en sus diarios. Decidí que honraría su memoria viviendo mi vida con valentía y compasión, sabiendo que su espíritu siempre estaría conmigo, guiándome hacia adelante a través de la oscuridad hacia la luz.

Capítulo 12: Reencuentro con la amistad

Después de meses de aislamiento y dolor, decidí que era hora de dar un paso fuera de mi propio mundo de tristeza y reclusión. El sol de la mañana brillaba con una promesa de nuevos comienzos mientras caminaba por los pasillos familiares del instituto, recordando los días en los que solía reír y compartir sueños con amigos que ahora parecían tan lejanos.

Me detuve frente a la puerta de la clase de arte, mi antiguo refugio de creatividad y camaradería. Mis manos temblaban ligeramente mientras levantaba la mano para tocar la puerta. Un murmullo de

voces y el sonido de lápices rasgando el papel llenaron mis oídos cuando finalmente entré.

—Jonh, ¿eres tú? —preguntó una voz familiar desde el otro lado del aula.

Levanté la vista y vi a Sarah, una de mis antiguas amigas de clase, con una sonrisa de sorpresa y alegría en su rostro. Había sido parte de mi círculo cercano antes de que todo cambiara.

—Hola, Sarah —dije tímidamente, sintiéndome como un extraño en un lugar que solía ser mi segunda casa.

Sarah se levantó rápidamente y se acercó, abrazándome con fuerza como si tratara de borrar la distancia que el tiempo y el dolor habían creado entre nosotros.

—Jonh, hemos estado pensando mucho en ti. ¿Cómo estás? —preguntó, sus ojos castaños buscando los míos en busca de algún indicio de cómo me encontraba.

Respiré profundamente, sintiéndome vulnerable pero al mismo tiempo reconfortado por la calidez de su abrazo.

—Ha sido difícil, Sarah. Pero estoy tratando de seguir adelante —respondí honestamente, sintiendo la presión de las palabras mientras luchaba por explicar todo lo que había pasado.

Sarah asintió con comprensión, su mano aún descansando en mi brazo en un gesto de apoyo silencioso.

—Ven, siéntate con nosotros. Estamos haciendo un proyecto de arte en equipo y podrías ayudarnos con algunas ideas

geniales —dijo, guiándome hacia una mesa donde otros compañeros de clase estaban concentrados en sus dibujos y pinturas.

Me senté con ellos, sintiendo cómo el nerviosismo inicial comenzaba a disiparse lentamente. A medida que trabajábamos juntos en el proyecto, las conversaciones se volvieron más fluidas, como si el tiempo no hubiera pasado realmente entre nosotros. Recordamos viejas bromas, compartimos historias de lo que había sucedido en nuestras vidas desde la última vez que nos vimos, y me sentí parte de algo que había perdido.

—Jonh, es genial tenerte de vuelta con nosotros —dijo Michael, otro de mis amigos cercanos, con una sonrisa sincera mientras pintábamos en el lienzo compartido.

Me encontré sonriendo de verdad por primera vez en mucho tiempo, sintiendo cómo una parte de mí que había estado dormida se despertaba lentamente.

Después de la clase, Sarah me invitó a un café en el pequeño café al otro lado de la calle. Nos sentamos en una mesa junto a la ventana, disfrutando del aroma del café recién hecho y el murmullo suave de la conversación a nuestro alrededor.

—Jonh, sé que las cosas han sido difíciles para ti. Pero quiero que sepas que siempre has tenido amigos aquí que te extrañaban mucho —dijo Sarah con sinceridad, sus ojos reflejando una mezcla de tristeza por lo que había pasado y esperanza por el futuro.

Agradecí sus palabras con un nudo en la garganta, sintiéndome profundamente

conmovido por la amistad que había encontrado de nuevo en un momento en el que más lo necesitaba.

—Gracias, Sarah. Significa mucho para mí estar aquí de nuevo con todos ustedes — respondí con gratitud, sintiendo la calidez de la aceptación que había temido perder.

Pasamos el resto de la tarde juntos, compartiendo risas y planes para el futuro. Cuando finalmente nos despedimos en la puerta del café, sentí como si un peso se hubiera levantado de mis hombros.

Caminé a casa con una sensación renovada de esperanza en mi corazón. Sabía que el camino hacia la curación todavía sería largo y lleno de desafíos, pero ahora tenía amigos que caminarían a mi lado.

Esa noche, mientras miraba por la ventana hacia las estrellas que brillaban en el cielo nocturno, supe que había tomado un paso importante hacia adelante. Con el amor y el apoyo de amigos como Sarah y Michael, estaba comenzando a creer que, aunque el dolor nunca desaparecería por completo, podría encontrar la fuerza para seguir adelante, día a día, hacia un mañana más brillante.

Capítulo 13: El arte de la curación

Después de semanas de flotar en una
neblina de dolor y pérdida, sentí que
necesitaba encontrar una forma de darle
forma a mis emociones, de sacarlas de mi
interior y darles un lugar donde pudieran
existir sin ahogarme. Fue entonces cuando
recordé el antiguo taller de carpintería en
el garaje de casa, un lugar donde mi padre
solía pasar horas trabajando en proyectos
de madera. Decidí que era hora de
redescubrir ese espacio.

El olor familiar a madera y serrín llenó mis
sentidos cuando entré en el garaje, las
herramientas colgadas ordenadamente en
la pared y el banco de trabajo con años de
historias talladas en su superficie. Me
senté en una silla vieja junto al banco y

respiré profundamente, recordando las veces que Fernando y yo solíamos espiar a papá mientras trabajaba, fascinados por sus habilidades y la magia que podía crear con simples trozos de madera.

Tomé un trozo de madera sin forma que encontré en un rincón y lo sostuve en mis manos, dejando que la textura rugosa y las imperfecciones me conectaran con la realidad tangible. Recordé lo mucho que solía disfrutar tallando figuras simples cuando era niño, dejando que mis manos y mi mente se perdieran en el proceso creativo.

Con un cuchillo afilado que encontré en el banco de trabajo, comencé a tallar la madera lentamente, sin un plan específico en mente, dejando que mis pensamientos fluyeran libremente mientras mis dedos encontraban un ritmo familiar. Cada corte

en la madera era como un pequeño acto de liberación, una forma de transformar el dolor en algo tangible y manejable.

Después de unas horas, me encontré mirando una figura rudimentaria pero reconfortante que había tallado en la madera. Era una representación abstracta de una figura humana, con líneas y formas que parecían reflejar las emociones que había estado luchando por comprender y expresar.

Justo cuando terminaba, mi padre apareció en la puerta del garaje, su rostro reflejando sorpresa y una mezcla de emoción y orgullo.

—Jonh, no sabía que te interesaba la carpintería —dijo, su voz llena de afecto mientras se acercaba para examinar mi creación.

Levanté la figura tallada y se la mostré, una sonrisa tímida curvándose en mis labios.

—Creo que necesitaba esto, papá. Necesitaba hacer algo con mis manos, algo que pudiera entender y controlar — expliqué, sintiendo un alivio instantáneo al compartir mis sentimientos con él.

Mi padre asintió con comprensión, poniendo una mano reconfortante en mi hombro.

—La creatividad y el trabajo manual pueden ser formas poderosas de sanar, hijo. Me alegra verte aquí, encontrando tu camino a través del dolor de esta manera —dijo con suavidad, sus ojos azules brillando con orgullo.

Pasamos el resto de la tarde trabajando juntos en el garaje, compartiendo historias y técnicas mientras yo aprendía los fundamentos básicos de la carpintería. Cada golpe de martillo y cada corte de sierra se convirtieron en un acto de terapia, una forma de reconectar con mi padre y conmigo mismo en un nivel más profundo.

Esa noche, cuando cerré la puerta del garaje y me dirigí a mi habitación, me sentí más ligero de lo que había estado en mucho tiempo. Había encontrado una nueva forma de enfrentar mi dolor, una forma que me permitía no solo sobrevivir, sino también crecer y sanar.

Me acosté en la cama, la figura tallada descansando junto a mí en la mesita de noche, un recordatorio tangible de mi capacidad para transformar el sufrimiento en algo hermoso y significativo. Con cada talla y cada golpe de martillo, me acercaba un poco más a la curación que había buscado desesperadamente desde la tragedia que cambió nuestras vidas para siempre.

Capítulo 14: La conversación reveladora

La noche había caído suavemente sobre la ciudad, y yo yacía despierto en mi cama, incapaz de cerrar los ojos mientras mi mente se perdía en pensamientos de Fernando. Desde su partida, había deseado tener una última conversación con él, una oportunidad para entender mejor lo que había pasado en su mente antes de tomar esa decisión irreversible.

En medio del silencio de la habitación, me encontré deslizándome lentamente hacia un sueño profundo y reparador. Y entonces, como un susurro en la oscuridad, una figura familiar se materializó frente a mí: Fernando, con su

sonrisa cálida y sus ojos llenos de sabiduría y tristeza.

—Jonh, hermano —dijo Fernando en voz baja, su voz resonando en mi corazón más que en mis oídos.

Me senté en la cama, mi corazón latiendo con una mezcla de sorpresa y emoción.

—Fernando, ¿eres tú? —pregunté con voz temblorosa, apenas atreviéndome a creer que esto no era simplemente un sueño.

Fernando asintió lentamente, sus ojos azules fijos en los míos.

—Soy yo, Jonh. He estado esperando este momento para hablar contigo —dijo con calma, su presencia irradiando una sensación de paz que había extrañado desde su partida.

—¿Por qué, Fernando? ¿Por qué tomaste esa decisión? —pregunté, dejando que las preguntas que habían atormentado mis pensamientos salieran finalmente.

Fernando suspiró, sus hombros cayendo ligeramente bajo el peso de la carga que llevaba.

—Jonh, fue... fue una tormenta en mi mente. Sentía que no podía encontrar paz, que el dolor era demasiado profundo para sanar —explicó lentamente, sus palabras resonando con una sinceridad dolorosa.

Me quedé en silencio, absorbido por sus palabras mientras trataba de comprender la tormenta interna que había estado luchando bajo su fachada de sonrisas.

—Pero ahora estoy aquí para ti, Jonh. Para decirte que aunque mi tiempo aquí fue corto, cada momento contigo fue un regalo. No dejes que mi partida te hunda en la oscuridad. Encuentra la luz en los recuerdos que compartimos, en la belleza que aún puedes encontrar en esta vida —dijo Fernando con una intensidad renovada, como si sus palabras fueran un faro en la oscuridad de mi dolor.

Mis ojos se llenaron de lágrimas mientras asentía lentamente, comprendiendo más de lo que las palabras podían expresar.

—Te extraño tanto, Fernando. Si tan solo pudiera haber hecho más por ti... —susurré, sintiendo el peso de la culpa y la tristeza en cada palabra.

Fernando se acercó y me abrazó, su calor reconfortante y su presencia cercana

como un recordatorio tangible de nuestro vínculo indestructible.

—No cargues con la culpa, Jonh. La vida es frágil y complicada, y cada uno de nosotros lleva nuestras propias batallas. Prométeme que encontrarás tu camino hacia la paz, que vivirás cada día con valentía y gratitud por el regalo de la vida —dijo con firmeza, su voz resonando en mi alma.

Asentí con determinación, sintiendo un cambio profundo en mi interior mientras aceptaba sus palabras como un mandato para encontrar la paz y la fortaleza que había buscado desesperadamente desde su partida.

Después de lo que pareció una eternidad, Fernando se alejó lentamente, su figura disolviéndose en la oscuridad mientras la

habitación volvía a quedar en silencio. Me quedé acostado en la cama, sintiendo una mezcla de tristeza y esperanza llenar mi corazón.

Esa mañana, desperté con la certeza de que había experimentado algo más que un simple sueño. La conversación con Fernando había sido una revelación, una oportunidad para sanar heridas profundas y encontrar un camino hacia adelante.

Guardé sus palabras en lo más profundo de mi corazón, decidido a honrar su memoria viviendo una vida plena y significativa. Con cada día que pasaba, me sentía más cerca de la paz que había buscado, sabiendo que mi hermano siempre estaría conmigo en espíritu, guiándome hacia la luz incluso en los momentos más oscuros de mi camino.

Capítulo 15: Visita al lugar del recuerdo

Había algo inquietante y a la vez reconfortante en la idea de visitar la tumba de Fernando solo. Durante mucho tiempo, evitaba ese lugar, temiendo que el dolor fuera demasiado grande para soportar. Pero sabía que necesitaba enfrentar ese miedo, encontrar un cierre de alguna manera.

El sol de la tarde bañaba el cementerio con una luz dorada cuando llegué. Caminé lentamente por el sendero de grava, pasando por filas de lápidas que marcaban la memoria de otras vidas. Finalmente, llegué a la tumba de Fernando. Me quedé

de pie por un momento, observando la lápida que llevaba su nombre.

"Fernando Thomas, amado hijo y hermano. Siempre en nuestros corazones."

La simpleza de esas palabras contrastaba con la complejidad del dolor que había dejado su ausencia. Me arrodillé frente a la tumba y toqué la fría piedra, dejando que el peso de mis emociones fluyera libremente.

—Hola, Fernando —susurré, sintiendo un nudo en la garganta.

No esperaba una respuesta, pero sentía la necesidad de hablar, de decir las cosas que nunca pude decir en vida.

—Te extraño tanto. Cada día me pregunto si podrías haber encontrado otra salida. Si podría haber hecho algo más —continué, las palabras fluyendo con una mezcla de tristeza y culpa.

Miré alrededor, asegurándome de que estaba solo. Me sentía vulnerable, pero también liberado al expresar mis sentimientos en voz alta.

—Jonh —dijo una voz suave detrás de mí.

Me giré rápidamente y vi a mi madre, Margaret, caminando hacia mí con una expresión de sorpresa y alivio.

—Mamá, no sabía que vendrías —dije, intentando sonreír a través de las lágrimas.

—Vi tu coche y pensé que estarías aquí —
respondió, arrodillándose a mi lado y
poniendo una mano en mi hombro—. No
tienes que hacerlo solo, Jonh.

Asentí, sintiendo el apoyo de su presencia.

—Es difícil, mamá. A veces no sé cómo
seguir adelante —confesé, mirando la
tumba de Fernando.

Margaret asintió, su mirada también fija en
la lápida.

—Sé que es difícil. Todos lo sentimos. Pero
Fernando no querría que nos perdiéramos
en el dolor. Querría que encontráramos
una manera de seguir adelante, de vivir
por él también —dijo con ternura.

Nos quedamos en silencio por un momento, compartiendo el peso de nuestra pérdida.

—Sabes, Jonh, solía venir aquí mucho al principio, buscando respuestas. Pero con el tiempo, me di cuenta de que las respuestas no están aquí. Están en cómo decidimos vivir nuestras vidas a partir de ahora —continuó Margaret, su voz llena de sabiduría y amor.

Asentí lentamente, comprendiendo la verdad en sus palabras.

—Tienes razón, mamá. Quiero vivir de una manera que honre a Fernando, pero a veces no sé cómo —admití.

Margaret sonrió y me abrazó, sus ojos llenos de comprensión.

—No hay una sola manera correcta de hacerlo, Jonh. Sólo sigue tu corazón y recuerda que estamos todos juntos en esto —dijo, su voz reconfortante.

Me quedé allí un rato más, dejando que el momento se asimilara. Después de un tiempo, Margaret se levantó.

—Voy a dar un paseo por el cementerio. Te dejaré un rato a solas con Fernando —dijo, dándome una última mirada alentadora antes de alejarse.

Volví mi atención a la tumba y respiré profundamente.

—Fernando, prometo que encontraré una manera de seguir adelante, de vivir por los dos —dije, sintiendo una renovada determinación.

Saqué un pequeño cuaderno de mi
mochila, algo que había comenzado a
llevar conmigo para anotar mis
pensamientos y sentimientos. Escribí una
breve nota para Fernando, algo que había
estado queriendo hacer desde hace
tiempo.

"Querido Fernando, aunque ya no estás
físicamente con nosotros, siento tu
presencia en cada paso que doy. Prometo
honrar tu memoria viviendo una vida
plena y significativa, encontrando belleza
en los pequeños momentos. Siempre
estarás en mi corazón. Con amor, Jonh."

Dejé la nota en la base de la lápida, un
gesto simbólico de mi compromiso de
seguir adelante. Me quedé allí un rato más,
dejando que la paz del lugar me
envolviera. Sabía que esta no sería la
última vez que visitaría a Fernando, pero

sentía que había dado un paso importante hacia la curación.

Cuando me levanté para irme, sentí una ligereza en mi corazón que no había sentido en mucho tiempo. Caminé lentamente hacia la salida del cementerio, con la promesa de un futuro más brillante y la certeza de que, aunque Fernando no estaba físicamente presente, su espíritu siempre me acompañaría.

La visita al lugar del recuerdo había sido más que un simple acto de despedida. Había sido un encuentro con el pasado, una reconciliación con el presente y una esperanza para el futuro. Mientras caminaba de regreso a casa, supe que estaba en el camino hacia la curación, un paso a la vez, con la memoria de Fernando como guía.

Capítulo 16: Los recuerdos felices

Sentado en el viejo columpio del patio trasero, dejé que mi mente vagara hacia tiempos más felices. El suave crujido de las cadenas me recordaba los días despreocupados de nuestra infancia. Cerré los ojos y dejé que los recuerdos me inundaran, trayendo de vuelta momentos que había atesorado y que ahora parecían tan lejanos.

—¡Vamos, Jonh! ¡Más alto! —gritaba Fernando, su risa resonando mientras me empujaba en el columpio.

—¡No tan alto, me vas a lanzar a la luna! —respondía yo entre risas, disfrutando de la

adrenalina y la libertad que sentía con cada empujón.

Recuerdo cómo Fernando siempre encontraba formas de hacer que los días más simples se sintieran extraordinarios. Como aquella vez que decidió que convertiríamos el patio trasero en un campo de aventuras.

—Jonh, vamos a construir una cabaña en el árbol —dijo un día, con esa mirada decidida que siempre tenía cuando se le ocurría una idea.

—Pero no tenemos madera ni herramientas —respondí, inseguro de cómo podríamos lograrlo.

—No importa, usaremos lo que encontremos —replicó con entusiasmo.

Pasamos toda la tarde recolectando ramas, tablas viejas y cualquier cosa que pudiera servir para nuestra cabaña improvisada. Al final del día, teníamos una estructura tambaleante pero suficiente para nuestras aventuras imaginarias.

—Lo hicimos, Jonh. ¡Tenemos nuestra propia cabaña! —exclamó Fernando, con los ojos brillando de orgullo.

Esos momentos, esas pequeñas victorias compartidas, eran los recuerdos que más atesoraba. Incluso en los días más oscuros, pensar en esas aventuras me daba fuerza.

Un día, durante uno de esos veranos interminables, Fernando decidió que seríamos piratas explorando los mares.

—Capitán Jonh, aviste una isla en el horizonte —dijo, apuntando hacia una pila de hojas al final del jardín.

—¡Llévanos allí, primer oficial Fernando! —respondí, siguiéndole el juego.

Construimos un barco con una caja grande y una sábana vieja como vela. Navegamos por mares imaginarios, enfrentándonos a tormentas y encontrando tesoros escondidos. Esa capacidad de convertir cualquier situación en una aventura era una de las cosas que más admiraba de mi hermano.

—¿Recuerdas cuando éramos piratas? —pregunté en voz alta, aunque sabía que Fernando no estaba físicamente allí para responder.

—Claro que sí, esos eran nuestros mejores días —respondió una voz en mi mente, la voz de Fernando, que aún vivía en mis recuerdos.

Había otro momento que nunca olvidaré, una tarde de otoño cuando decidimos hacer una fogata en el patio. Reunimos ramas secas y hojas, y con la ayuda de papá, encendimos una pequeña fogata.

—Ahora, vamos a contar historias de miedo —dijo Fernando, con una sonrisa traviesa.

Nos sentamos alrededor del fuego, las llamas danzando en la oscuridad mientras Fernando contaba historias de fantasmas y criaturas misteriosas. Aunque sabía que eran solo historias, la forma en que las contaba hacía que me sintiera

completamente inmerso en ese mundo de fantasía.

—Eres el mejor hermano del mundo, ¿lo sabías? —dije una vez, sin pensar.

Fernando me miró sorprendido y luego sonrió ampliamente.

—Y tú eres el mejor hermano menor que podría pedir —respondió, dándome un fuerte abrazo.

Estos momentos, aunque simples, eran los que más extrañaba. No eran las grandes aventuras ni los logros destacados, sino los pequeños gestos, las risas compartidas y la sensación de estar juntos en cualquier situación.

Un día, mientras estábamos en la playa durante unas vacaciones familiares,

Fernando y yo decidimos construir el
castillo de arena más grande que jamás
habíamos hecho.

—Vamos a necesitar mucha arena —dije,
mirando la inmensidad de la playa.

—Entonces, vamos a trabajar —respondió
Fernando, con su típica determinación.

Pasamos horas cavando y moldeando,
trabajando juntos en perfecta sincronía.
Cuando finalmente terminamos, el castillo
de arena era una obra maestra, con torres
altas y un foso alrededor.

—Lo logramos, Jonh. ¡Somos los reyes de
la playa! —gritó Fernando, con una sonrisa
radiante.

En ese momento, me di cuenta de que no
importaba lo que estuviéramos haciendo,

siempre y cuando estuviéramos juntos. Era esa conexión, esa complicidad, lo que hacía que cada momento fuera especial.

Mientras me balanceaba suavemente en el columpio, abrí los ojos y miré el cielo azul claro. Sentí una oleada de gratitud por esos recuerdos felices, por los momentos que había compartido con Fernando. Aunque ya no estaba físicamente presente, su espíritu vivía en cada uno de esos recuerdos.

—Gracias, Fernando, por todos los momentos felices —susurré al viento, con la esperanza de que de alguna manera, él pudiera escucharme.

Sabía que el camino hacia la curación sería largo y lleno de desafíos, pero con los recuerdos felices como mi guía, estaba seguro de que encontraría la fuerza para

seguir adelante. La vida continuaba, y aunque el dolor de la pérdida siempre estaría allí, también lo estarían los recuerdos de los días llenos de risa y amor que compartí con mi hermano.

Con una renovada sensación de paz, me levanté del columpio y me dirigí a casa, listo para enfrentar el futuro con la certeza de que Fernando siempre estaría conmigo, en cada paso del camino.

Capítulo 17: El apoyo inesperado

Las semanas habían pasado lentamente desde mi visita al cementerio. Me encontraba en una rutina monótona, tratando de mantenerme a flote mientras lidiaba con el vacío que había dejado Fernando. Un día, después de la escuela, decidí ir a la cafetería local, buscando un cambio de escenario y tal vez algo de consuelo en una taza de café.

La campanilla de la puerta sonó cuando entré. El aroma familiar del café recién hecho me recibió, y busqué una mesa en una esquina tranquila. Pedí un capuchino y me sumergí en mis pensamientos, contemplando cómo la vida seguía su curso a pesar de mi dolor.

Mientras estaba perdido en mis reflexiones, una voz suave me sacó de mis pensamientos.

—¿Jonh? —preguntó una mujer de mediana edad, con una cálida sonrisa y ojos amables.

—Sí, soy yo —respondí, un poco sorprendido de que alguien me reconociera.

—Hola, soy Sara. Trabajo en la escuela y he oído hablar de ti. ¿Te importa si me siento contigo un momento? —dijo, señalando la silla vacía frente a mí.

Asentí, sintiendo curiosidad por lo que quería decirme. Sara se sentó y me miró con una mezcla de comprensión y compasión.

—Escuché sobre lo que le pasó a tu hermano, Fernando. Quiero que sepas que lo siento mucho. Perder a un ser querido es una experiencia devastadora —dijo con sinceridad.

—Gracias, Sara. Ha sido... difícil — respondí, sin saber exactamente cómo expresar la magnitud de mi dolor.

Sara asintió lentamente, sus ojos reflejando una tristeza familiar.

—Entiendo cómo te sientes. Perdí a mi hermana hace algunos años. Fue un accidente de coche. Nunca estás realmente preparado para algo así —dijo, su voz temblando ligeramente.

La sorpresa y la empatía se mezclaron en mi mente. Nunca hubiera imaginado que

alguien en la escuela podría entender por lo que estaba pasando.

—Lo siento mucho por tu pérdida, Sara. ¿Cómo lograste seguir adelante? —pregunté, deseando encontrar alguna pista para manejar mi propio dolor.

Sara tomó un sorbo de su café antes de responder.

—No fue fácil. Al principio, me sentí perdida y sola. Pero con el tiempo, encontré apoyo en amigos y familiares. También comencé a ver a un terapeuta, lo cual me ayudó mucho. Y, sobre todo, aprendí a permitirme sentir y procesar mis emociones en lugar de reprimirlas —explicó.

Asentí, sintiendo un destello de esperanza en sus palabras. Quizás había una manera de encontrar la paz después de todo.

—Es bueno saber que no estoy solo. A veces siento que nadie entiende realmente lo que estoy pasando —admití, abriendo una pequeña ventana a mi mundo interior.

—No estás solo, Jonh. Más personas de las que piensas han pasado por experiencias similares. Es importante hablar sobre ello y buscar apoyo cuando lo necesites —dijo Sara con firmeza.

Nos quedamos en silencio por un momento, el ruido de la cafetería creando un telón de fondo para nuestros pensamientos.

—¿Sabes? Hay un grupo de apoyo en el centro comunitario. Se reúnen una vez a la

semana para hablar sobre sus experiencias y compartir consejos. Me ayudó mucho asistir a esas reuniones. Tal vez podrías intentarlo —sugirió Sara, mirándome con ojos llenos de aliento.

La idea de hablar con otros que entendían mi dolor era a la vez aterradora y reconfortante.

—No estoy seguro de estar listo para eso, pero lo consideraré —dije, sintiendo una pequeña chispa de valentía.

—No hay presión, Jonh. Tómate tu tiempo. Solo quiero que sepas que hay recursos y personas dispuestas a ayudarte. No tienes que pasar por esto solo —respondió Sara, ofreciéndome una sonrisa comprensiva.

La conversación continuó, y por primera vez en mucho tiempo, me sentí escuchado

y comprendido. Sara compartió más sobre su hermana, y juntos recordamos anécdotas y momentos felices que habíamos vivido con nuestros seres queridos. Fue una especie de catarsis, una liberación de emociones que había estado reprimiendo durante tanto tiempo.

—Gracias, Sara. Hablar contigo ha sido... realmente útil —dije sinceramente, sintiendo un peso levantado de mis hombros.

—Me alegra saberlo, Jonh. Recuerda, estoy aquí si alguna vez necesitas hablar. Y no dudes en probar el grupo de apoyo cuando te sientas listo —dijo Sara, dándome una palmadita en la mano antes de levantarse.

La vi salir de la cafetería y me quedé sentado, reflexionando sobre nuestra conversación. Me di cuenta de que había

encontrado un pequeño destello de
esperanza en medio de mi oscuridad. El
simple acto de compartir y conectar con
alguien que entendía mi dolor había hecho
una gran diferencia.

Con una renovada sensación de propósito,
terminé mi café y me dirigí a casa. Sabía
que el camino hacia la curación sería largo
y lleno de desafíos, pero con el apoyo
inesperado de personas como Sara, sentía
que podía enfrentar cualquier cosa.

Esa noche, me senté en mi escritorio y
escribí una nota para mí mismo:

"Permítete sentir. Busca apoyo. No estás
solo."

La pegué en el espejo de mi habitación, un
recordatorio constante de que estaba bien

pedir ayuda y que la sanación era un proceso que llevaría tiempo.

Con el tiempo, decidí asistir a una reunión del grupo de apoyo. Al principio, me sentí nervioso y fuera de lugar, pero pronto me di cuenta de que estaba rodeado de personas que entendían mi dolor. Cada reunión era una oportunidad para compartir, escuchar y aprender, y poco a poco, comencé a sentir una ligera mejora en mi estado de ánimo y en mi capacidad para enfrentar el día a día.

Recordar la conversación con Sara me daba fuerzas en los momentos difíciles. Su apoyo inesperado había sido un faro de luz en mi vida, y aunque el camino hacia la curación era largo, sabía que no estaba solo en mi viaje.

Capítulo 18: El viaje emocional

Había pasado mucho tiempo desde que
Fernando se fue, pero el dolor todavía
pesaba en mi pecho como una piedra. Un
día, decidí que necesitaba un cambio de
escenario, algo que me ayudara a procesar
mis emociones y tal vez encontrar algo de
paz. Así que empaqué una mochila ligera y
me dirigí a las montañas, un lugar donde
solíamos ir con la familia durante las
vacaciones de verano.

El viaje en coche fue largo, pero el paisaje
que pasaba por la ventanilla me ofrecía
una distracción bienvenida. La carretera
serpenteaba a través de colinas y valles, y
a medida que ascendía, el aire se volvía
más fresco y limpio. Finalmente, llegué a
una pequeña cabaña que había alquilado

para el fin de semana. La cabaña era simple pero acogedora, rodeada de árboles altos y un silencio que solo era interrumpido por el canto de los pájaros.

—Aquí estoy, Fernando —dije en voz baja, mirando hacia el bosque que se extendía más allá de la cabaña.

Decidí dar un paseo para explorar los alrededores y tal vez encontrar algo de claridad. Mientras caminaba por el sendero, los recuerdos de nuestros viajes en familia inundaban mi mente. Fernando y yo siempre estábamos al frente, liderando la marcha con entusiasmo.

—¿Recuerdas la vez que nos perdimos en el bosque? —dije en voz alta, como si Fernando pudiera escucharme.

—Claro que sí, Jonh. Pero siempre encontrábamos el camino de vuelta —respondió una voz en mi cabeza, la voz de Fernando.

Me encontré en un claro que solíamos llamar "nuestro lugar especial". Era un pequeño prado rodeado de árboles, con una vista impresionante de las montañas a lo lejos. Me senté en una roca y respiré profundamente, dejando que el aire fresco llenara mis pulmones. Cerré los ojos y me permití recordar.

—Este era tu lugar favorito, Fernando. Siempre decías que aquí te sentías en paz —dije, sintiendo una mezcla de tristeza y consuelo.

Abrí los ojos y miré hacia el cielo, que se estaba tiñendo de los colores del atardecer. Decidí quedarme allí un rato,

dejando que los recuerdos fluyeran libremente.

—Hey, Jonh. ¿Qué haces aquí solo? —una voz desconocida me hizo volver a la realidad.

Me giré y vi a una joven con una sonrisa amistosa. Llevaba una mochila y parecía estar de excursión.

—Solo necesitaba un lugar para pensar —respondí, un poco sorprendido por su presencia.

—¿Te importa si me siento contigo? Este también es uno de mis lugares favoritos —dijo, señalando una roca cercana.

—Claro, adelante —dije, moviéndome un poco para hacerle espacio.

Nos sentamos en silencio por un momento, disfrutando de la tranquilidad del lugar.

—Soy Ana, por cierto —dijo, extendiendo su mano.

—Jonh —respondí, estrechando su mano.

—Este lugar siempre me ayuda a aclarar mis pensamientos. Es como si la naturaleza tuviera una manera de poner todo en perspectiva —dijo Ana, mirando el horizonte.

—Sí, es cierto. Yo solía venir aquí con mi hermano —dije, sintiendo un nudo en la garganta al mencionar a Fernando.

—¿Qué le pasó? —preguntó Ana, con una mirada comprensiva.

—Murió hace un tiempo. Fue un suicidio —
respondí, sorprendiendo a mí mismo con
lo fácil que había salido esa confesión.

—Lo siento mucho, Jonh. Debe ser muy
difícil para ti —dijo Ana, su voz llena de
empatía.

—Lo es. Pero estar aquí me ayuda a
sentirme más cerca de él —dije, mirando
el cielo que se oscurecía.

Ana asintió, comprendiendo sin necesidad
de más palabras. Nos quedamos en
silencio, cada uno inmerso en sus propios
pensamientos. Después de un rato, Ana se
levantó.

—Voy a seguir mi camino, pero fue un
placer conocerte, Jonh. Espero que
encuentres la paz que buscas —dijo,
sonriendo.

—Gracias, Ana. Igualmente —respondí, sintiendo un pequeño alivio por haber compartido parte de mi carga con alguien.

Ana se fue por el sendero, dejándome solo de nuevo. Pero esta vez, el silencio no se sentía tan opresivo. Sentí una extraña sensación de alivio al haber hablado con alguien sobre Fernando.

Pasé el resto de la tarde en el claro, recordando los buenos momentos y permitiéndome sentir el dolor sin reprimirlo. Al caer la noche, encendí una pequeña fogata y me senté cerca, mirando las llamas danzar.

—Fernando, te extraño tanto. Pero sé que debo seguir adelante, por ti y por mí —dije en voz alta, como una promesa al viento.

El calor del fuego y el cielo estrellado me ofrecían una sensación de consuelo que no había sentido en mucho tiempo. Me acosté sobre una manta y miré las estrellas, dejando que los recuerdos felices me envolvieran.

Esa noche, tuve un sueño. En el sueño, Fernando y yo estábamos de nuevo en el claro, explorando y riendo como solíamos hacer. No había dolor ni tristeza, solo la pura alegría de estar juntos.

—Jonh, estoy orgulloso de ti. Sigue adelante, encuentra tu camino —dijo Fernando en el sueño, su voz clara y reconfortante.

Me desperté al amanecer, con una sensación renovada de propósito. Sabía que el viaje emocional que había comenzado no terminaría aquí, pero había

dado un paso importante hacia la curación. Empaqué mis cosas y comencé a caminar de regreso a la cabaña, con la determinación de honrar la memoria de Fernando viviendo una vida plena y significativa.

El viaje a las montañas había sido más que una simple escapada; había sido un punto de inflexión. Me había permitido confrontar mis emociones, encontrar apoyo inesperado y renovar mi compromiso de seguir adelante. Sabía que Fernando siempre estaría conmigo, en cada paso del camino, guiándome desde el lugar especial que compartimos en el pasado.

Capítulo 19: La carta a Fernando

Era una noche tranquila. El tic-tac del reloj en la pared era el único sonido que acompañaba mis pensamientos. Me senté en el escritorio de mi habitación, con una hoja de papel en blanco frente a mí. La luz de la lámpara creaba un círculo de calidez en el espacio reducido, mientras que el resto de la habitación permanecía en penumbra. Había decidido que era hora de escribirle una carta a Fernando. Sentía que necesitaba expresarle todo lo que había estado guardando dentro desde su partida.

Tomé el bolígrafo y, tras un suspiro profundo, comencé a escribir.

Querido Fernando,

Han pasado tantos días desde que te fuiste, pero cada uno de ellos se siente como si fuera el primero. El dolor nunca disminuye, solo cambia de forma. A veces, es una punzada aguda; otras, es una tristeza sorda que se extiende por todo mi ser. No hay un solo día en el que no piense en ti.

Recuerdo nuestras aventuras de infancia como si hubieran sucedido ayer. Las veces que construíamos fuertes en el patio trasero, o cuando fingíamos ser exploradores descubriendo tierras desconocidas. Siempre fuiste mi héroe, mi hermano mayor al que admiraba con todo mi corazón.

—¿Recuerdas la vez que atrapamos ranas en el arroyo detrás de la casa? —escribí, sonriendo ante el recuerdo—. Mamá

estaba tan enojada porque llenamos la
bañera con ellas.

Tu risa llenaba la casa de alegría. Era
contagiosa, y podías hacer que cualquier
día gris se volviera brillante. Ahora la casa
está tan silenciosa sin ti. A veces, cierro
los ojos e intento escuchar tu voz, pero es
difícil. El silencio ha ocupado demasiado
espacio.

—Jonh, ¿estás bien? —la voz de mamá me
sacó de mis pensamientos. Se asomó por
la puerta, con preocupación en los ojos.

—Sí, mamá. Solo estaba escribiendo —
respondí, tratando de no mostrar cuánto
me afectaba.

—Está bien, cariño. Si necesitas hablar,
estoy aquí —dijo, antes de cerrar
suavemente la puerta.

Volví mi atención a la carta, con la determinación de seguir.

Desde que te fuiste, he pasado por tantas etapas de dolor y confusión. Me he preguntado mil veces por qué no vi las señales, por qué no hice más para ayudarte. La culpa es una sombra constante. Me atormenta pensar en lo solo y desesperado que debiste sentirte. Quisiera poder retroceder el tiempo y abrazarte más fuerte, decirte que no estabas solo.

—¿Por qué, Fernando? —escribí, las lágrimas comenzando a nublar mi visión— . ¿Por qué no me dijiste cuánto sufrías?

Intento recordar los buenos momentos para aliviar el dolor, pero a veces es difícil. La tristeza me envuelve y siento que no

puedo respirar. Sin embargo, he
encontrado un poco de consuelo en hablar
con Sara y en asistir al grupo de apoyo. Me
he dado cuenta de que no estoy solo en mi
dolor, y eso me ha ayudado a seguir
adelante.

—He conocido a personas increíbles que
también han perdido a seres queridos. Nos
apoyamos mutuamente y compartimos
nuestras historias. Me ayuda a sentirme
menos aislado —escribí, agradecido por
los nuevos amigos que había hecho.

A veces, en las noches más oscuras, sueño
contigo. En esos sueños, estás feliz y en
paz. Me dices que no me preocupe, que
estás bien. No sé si esos sueños son
producto de mi mente que busca consuelo,
o si de verdad estás tratando de
comunicarte conmigo desde algún lugar.
Quiero creer que es lo último. Me da

esperanza pensar que, de alguna manera, sigues conmigo.

—Te extraño tanto, Fernando. Cada día es una lucha sin ti, pero estoy tratando de ser fuerte. Estoy tratando de encontrar mi camino —escribí, sintiendo un peso en el pecho.

Hace poco, volví a nuestro lugar especial en las montañas. Allí, sentí tu presencia más que nunca. Fue un viaje que me ayudó a darme cuenta de que la vida sigue, y que aunque no estás aquí físicamente, tu espíritu me acompaña en cada paso.

—Recordé nuestras caminatas, nuestras risas. Me hizo darme cuenta de cuánto me has enseñado, incluso en tu ausencia. Gracias por todos los momentos, por cada lección —escribí, dejando que la gratitud llenara mis palabras.

Sé que nunca superaré completamente tu partida, pero estoy aprendiendo a vivir con ello. Estoy aprendiendo a encontrar la luz en medio de la oscuridad, a apreciar los pequeños momentos de felicidad que todavía existen. Estoy tratando de ser la persona que tú querías que fuera.

—Prometo honrar tu memoria viviendo una vida plena y significativa. Prometo recordar tus risas, tus enseñanzas, y llevarte siempre en mi corazón. Te amo, Fernando, y siempre lo haré —escribí, sintiendo una mezcla de tristeza y resolución.

Al terminar la carta, sentí una liberación. Era como si hubiera descargado una parte del peso que llevaba encima. Doblé la carta cuidadosamente y la guardé en una caja de recuerdos que tenía en mi armario,

junto a algunas fotos y pequeños objetos
que me recordaban a Fernando.

—Espero que puedas escucharme,
hermano. Espero que sepas cuánto te
extraño y cuánto te amo —dije en voz baja,
mirando hacia la caja.

Me levanté del escritorio, sintiéndome un
poco más ligero. Sabía que este viaje
emocional era solo una parte del proceso,
pero escribir esa carta me había dado una
nueva perspectiva. Había encontrado un
poco de paz en medio del caos, y por
primera vez en mucho tiempo, sentí que
podía respirar un poco más libremente.

Salí de mi habitación y encontré a mamá
en la sala de estar, leyendo un libro.

—Mamá, ¿podemos hablar un momento? —pregunté, sintiendo que era el momento adecuado para abrirme más con ella.

Ella me miró con una mezcla de sorpresa y alivio.

—Claro, Jonh. Estoy aquí para ti —dijo, cerrando el libro y haciéndome un espacio a su lado.

Nos sentamos juntos y, por primera vez, comencé a compartir con ella algunas de las cosas que había escrito en la carta. Sentí que estábamos dando un paso adelante juntos, uniendo nuestras fuerzas para enfrentar el dolor y encontrar un camino hacia la sanación.

Parte 3: Liberación y Graduación

Capítulo 20: Nuevas perspectivas

Las primeras luces del amanecer se filtraban por las cortinas de mi habitación, anunciando un nuevo día. Por primera vez en mucho tiempo, sentí una leve chispa de esperanza al despertar. La carta que le había escrito a Fernando la noche anterior me había ayudado a liberar una parte del dolor que llevaba dentro. Me levanté con una sensación de liviandad que hacía tiempo no sentía.

Me vestí rápidamente y bajé a la cocina, donde mamá estaba preparando el desayuno.

—Buenos días, mamá —dije, acercándome para darle un beso en la mejilla.

—Buenos días, Jonh. ¿Dormiste bien? —respondió ella, con una sonrisa cálida.

—Sí, bastante bien. ¿Y tú?

—También. Hoy tenemos panqueques, ¿quieres ayudarme a hacerlos? —me preguntó, extendiéndome un bol lleno de masa.

—Claro, me encantaría —dije, tomando el bol y empezando a verter la masa en la sartén caliente.

Mientras los panqueques se doraban, recordé los fines de semana de nuestra infancia cuando Fernando y yo solíamos competir para ver quién hacía los panqueques más grandes. Siempre terminábamos riendo y haciendo un desastre en la cocina.

—Mamá, estaba pensando en lo mucho
que Fernando y yo solíamos disfrutar de
hacer panqueques juntos —comenté,
mirando cómo las burbujas aparecían en
la masa.

—Sí, esos eran buenos tiempos. A veces lo
extraño tanto que duele, pero también
trato de recordar las cosas felices que
compartimos —dijo ella, con un tono
melancólico pero sereno.

—Yo también, mamá. Pero creo que estoy
empezando a ver las cosas de una manera
diferente. Ayer, al escribirle esa carta, me
di cuenta de que puedo encontrar
pequeños momentos de alegría en medio
del dolor —dije, sirviendo un panqueque
dorado en un plato.

Después del desayuno, decidí salir a dar
un paseo. El sol brillaba y el aire fresco me

llenaba de energía. Caminé hasta el
parque cercano, donde solíamos jugar de
niños. Me senté en un banco y observé a
los niños correteando y jugando, sus risas
llenando el aire. Sentí una sensación de
paz al ver su alegría inocente.

—Jonh, ¡qué sorpresa verte aquí! —una
voz conocida me sacó de mis
pensamientos.

Miré hacia arriba y vi a Sara, una amiga del
grupo de apoyo. Ella llevaba una sonrisa
en el rostro y sostenía un libro en sus
manos.

—Hola, Sara. Decidí salir a caminar y
disfrutar del buen tiempo —respondí,
invitándola a sentarse a mi lado.

—Es una buena idea. A veces, estar en la
naturaleza ayuda a despejar la mente —

dijo ella, sentándose y colocando el libro en su regazo.

—Sí, eso creo. He estado reflexionando mucho últimamente y he empezado a ver las cosas de manera diferente. No es que el dolor desaparezca, pero siento que puedo encontrar momentos de alegría y paz —dije, compartiendo mis pensamientos con ella.

—Eso es maravilloso, Jonh. A veces, los cambios más pequeños pueden marcar una gran diferencia. Esos momentos de alegría son lo que nos ayuda a seguir adelante —respondió Sara, con comprensión en sus ojos.

—Tienes razón. Y me doy cuenta de que Fernando siempre será una parte de mí, pero eso no significa que no pueda encontrar la felicidad en el presente —dije,

sintiendo una creciente convicción en mis
palabras.

Pasamos un rato hablando sobre nuestras
experiencias y cómo estábamos
encontrando maneras de seguir adelante.
Sara me contó sobre cómo había
comenzado a pintar para expresar sus
emociones y cómo eso le había brindado
una nueva perspectiva.

—Tal vez deberías probar algo nuevo
también, Jonh. Podría ser cualquier cosa
que te guste o te interese. A veces, una
nueva actividad puede abrirnos a nuevas
formas de ver la vida —sugirió Sara,
sonriendo.

—Es una buena idea. Siempre me ha
gustado la fotografía, pero nunca lo he
tomado en serio. Tal vez debería intentarlo

—dije, sintiéndome entusiasmado con la idea.

Nos despedimos y decidí ir a una tienda cercana a comprar una cámara. La fotografía siempre me había fascinado, pero nunca había dedicado tiempo a desarrollarlo como un hobby. Sentí que era el momento adecuado para empezar.

Esa tarde, salí con mi nueva cámara y comencé a capturar pequeños momentos: la luz del sol filtrándose entre las hojas, una mariposa posándose en una flor, las sonrisas de los transeúntes. Cada clic de la cámara me hacía sentir más conectado con el mundo que me rodeaba y, de alguna manera, también con Fernando.

De regreso a casa, encontré a mi hermano menor, Josh, en la sala de estar. Estaba

viendo un documental sobre naturaleza,
uno de sus pasatiempos favoritos.

—Hey, Josh. ¿Qué estás viendo? —
pregunté, sentándome a su lado.

—Es un documental sobre la vida salvaje
en África. Es fascinante ver cómo los
animales interactúan en su hábitat natural
—respondió, sin apartar la vista de la
pantalla.

—Suena interesante. Sabes, hoy salí a
tomar fotos. Siempre me ha gustado la
fotografía y pensé que era un buen
momento para empezar —dije, sintiendo la
necesidad de compartir mi entusiasmo
con él.

—Eso suena genial, Jonh. Me encantaría
ver tus fotos. Quizás podamos salir juntos

algún día y tomar fotos de la naturaleza —
dijo Josh, con una sonrisa sincera.

—Me encantaría, Josh. Será una buena
manera de pasar tiempo juntos y hacer
algo que ambos disfrutamos —respondí,
sintiendo una conexión renovada con mi
hermano.

Los días siguientes, continué explorando
mi nuevo hobby. La fotografía me permitió
ver el mundo con una nueva perspectiva,
apreciando la belleza en los detalles más
pequeños. Cada imagen capturada se
convirtió en una pequeña victoria, un
momento de alegría que compartía con
Fernando en mi corazón.

Una tarde, mientras revisaba las fotos en
mi ordenador, mamá se acercó.

—Jonh, tus fotos son hermosas. Puedes sentir la emoción en cada una de ellas. Estoy muy orgullosa de ti —dijo, colocando una mano en mi hombro.

—Gracias, mamá. La fotografía me ha ayudado a encontrar un nuevo propósito y una manera de conectarme con el mundo y con Fernando —respondí, sintiendo una mezcla de gratitud y emoción.

—Eso es maravilloso, hijo. Fernando estaría muy orgulloso de ti también —dijo, con lágrimas en los ojos.

Nos abrazamos y, en ese momento, supe que estaba en el camino correcto. Había comenzado a encontrar pequeños momentos de alegría y a ver la vida con una nueva perspectiva. Aunque el dolor de perder a Fernando siempre estaría allí, había aprendido que era posible seguir

adelante y encontrar la felicidad en el
presente.

Capítulo 21: Reconectando con la familia

El sol de la tarde se filtraba por las
ventanas, llenando la sala de estar con una
luz cálida y reconfortante. Me encontraba
sentado en el sofá, mirando un álbum de
fotos que había encontrado en el ático. Las
imágenes en sus páginas eran un
testimonio de los tiempos felices que
habíamos compartido como familia, antes
de que el dolor de la pérdida lo nublara
todo.

Pasé mis dedos sobre una foto en
particular: Fernando y yo, sonriendo
ampliamente con los brazos alrededor de
nuestros padres y Josh, en una playa
soleada. Recordar esos momentos traía

una mezcla de tristeza y consuelo. Era tiempo de sanar y de reconectar con la familia que aún estaba aquí.

—Jonh, ¿qué estás haciendo? —preguntó Josh, entrando en la sala con curiosidad.

—Solo estaba mirando algunas fotos viejas —respondí, señalando el álbum abierto sobre mis rodillas—. Ven, siéntate conmigo.

Josh se sentó a mi lado y miró la foto.

—Recuerdo ese día. Fue uno de los mejores veranos que tuvimos. Fernando estaba tan feliz —dijo, con una sonrisa nostálgica.

—Sí, lo estaba. ¿Te acuerdas de cómo insistía en construir el castillo de arena

más grande? —pregunté, riendo
suavemente al recordar la escena.

—¡Sí! Y cómo terminó cubierto de arena
cuando la marea subió demasiado rápido
—Josh se rió también, y por un momento,
el dolor se disipó.

En ese instante, mamá entró en la sala con
una bandeja de galletas recién horneadas.

—¿Qué es tan gracioso, chicos? —
preguntó, colocando la bandeja en la mesa
de centro.

—Estábamos recordando el verano en la
playa y los castillos de arena de Fernando
—respondí, mirando a mamá con una
sonrisa.

—Oh, ese fue un verano maravilloso. Él
tenía una energía contagiosa, siempre

animándonos a todos —dijo mamá, sentándose con nosotros.

—Deberíamos pasar más tiempo juntos recordando esas cosas —dije, sintiendo una calidez en mi corazón al vernos unidos.

—Estoy de acuerdo. Todos hemos pasado por mucho, pero necesitamos apoyarnos más unos a otros —dijo mamá, mirándome con ternura.

—Quizás podríamos hacer una noche de recuerdos, donde compartamos historias y fotos de los momentos felices —sugirió Josh, con entusiasmo.

—Eso suena como una gran idea, Josh. Me gusta —respondí, sintiéndome optimista por primera vez en mucho tiempo.

Decidimos que esa misma noche sería el
inicio de nuestra nueva tradición. Papá
llegó del trabajo justo a tiempo para unirse
a nosotros. Mientras cenábamos, le
contamos sobre nuestro plan.

—Me parece una excelente idea, chicos. Es
importante recordar los buenos tiempos y
apoyarnos mutuamente —dijo papá,
sonriendo con aprobación.

Después de la cena, todos nos reunimos
en la sala de estar. Papá había traído
algunos álbumes de fotos más y mamá
había preparado chocolate caliente. Nos
sentamos juntos en el sofá, sintiendo una
conexión que hacía tiempo no
experimentábamos.

—Voy a empezar con esta —dije,
mostrando una foto de Fernando y yo
jugando al fútbol en el jardín—. Recuerdo

que Fernando siempre me dejaba ganar, pero fingía que estaba haciendo todo lo posible por detenerme.

—Oh, eso era tan típico de él. Siempre cuidando de su hermanito —dijo mamá, con una risa suave.

—Y cuando Josh nació, estaba tan emocionado. Recuerdo cómo solía cargarlo y enseñarle cosas nuevas —agregó papá, con una mirada pensativa.

—Sí, él siempre me enseñaba trucos para los videojuegos. Me hacía sentir importante —dijo Josh, sonriendo ante el recuerdo.

A medida que la noche avanzaba, compartimos más historias y fotos. Hablamos sobre los momentos felices y las pequeñas travesuras. Hubo risas, y

también lágrimas, pero el ambiente estaba lleno de amor y comprensión.

—Fernando tenía una forma especial de hacernos sentir que todo iba a estar bien, sin importar lo que pasara —dije, mirando a mi familia—. Y creo que eso es algo que necesitamos recordar siempre.

—Tienes razón, Jonh. Él nos enseñó a disfrutar de los pequeños momentos y a estar ahí el uno para el otro —dijo mamá, tomándome la mano.

—Estamos todos juntos en esto. Podemos apoyarnos y encontrar consuelo en los recuerdos que compartimos —dijo papá, con firmeza en su voz.

Esa noche, después de que todos se retiraron a sus habitaciones, me quedé un rato más en la sala de estar. Miré una

última vez el álbum de fotos antes de cerrarlo y guardarlo cuidadosamente en la estantería. Sentí una paz interior, sabiendo que habíamos dado un paso importante hacia la sanación como familia.

Al día siguiente, decidí que era momento de hablar más abiertamente con cada uno de ellos. Comencé con mamá, encontrándola en la cocina mientras preparaba el desayuno.

—Mamá, ¿tienes un momento para hablar? —le pregunté, sentándome en la mesa.

—Por supuesto, Jonh. ¿Qué tienes en mente? —respondió, girándose para mirarme.

—Solo quería agradecerte por todo tu apoyo. Sé que ha sido difícil para todos

nosotros, pero aprecio mucho lo fuerte
que has sido —dije, sinceramente.

—Gracias, hijo. Pero también quiero
agradecerte por abrirte más. Eso nos
ayuda a todos —dijo ella, con una sonrisa
cálida.

Más tarde, me acerqué a papá en el jardín,
donde estaba trabajando en algunas
reparaciones.

—Papá, quería decirte que aprecio mucho
cómo has estado ahí para nosotros,
especialmente durante los momentos más
difíciles —dije, ayudándole a sostener
algunas herramientas.

—Gracias, Jonh. Es lo menos que puedo
hacer. Y me alegra ver que estás
encontrando tu camino de vuelta a

nosotros —respondió, con una mirada de orgullo en sus ojos.

Finalmente, me senté con Josh en su habitación. Estaba trabajando en un proyecto escolar, pero dejó todo a un lado cuando entré.

—Josh, quiero que sepas que siempre estaré aquí para ti. Hemos pasado por mucho, pero quiero que encontremos la manera de apoyarnos mutuamente —le dije, con seriedad.

—Gracias, Jonh. Yo también estaré aquí para ti. Somos hermanos y siempre lo seremos, pase lo que pase —respondió, abrazándome fuertemente.

Esa noche, mientras me preparaba para dormir, reflexioné sobre los cambios que había visto en nuestra familia. Habíamos

comenzado a sanar juntos, a compartir nuestro dolor y nuestros recuerdos. La pérdida de Fernando siempre sería una parte de nuestras vidas, pero ahora sentía que podíamos encontrar la fuerza en nuestra unidad familiar.

Mirando al futuro, sabía que habría desafíos, pero también sabía que, con el apoyo de mi familia, podría enfrentar cualquier cosa. Y en esa certeza, encontré un nuevo sentido de paz y esperanza.

Capítulo 22: El proyecto de memoria

Desde que decidí comenzar a reconectar con mi familia, las cosas han cambiado lentamente para mejor. Nos hemos acercado más y, aunque el dolor de la pérdida de Fernando siempre está presente, sentimos una renovada fortaleza en nuestra unión.

Esa mañana, me desperté con una sensación de propósito. Había llegado el momento de pensar en el futuro y, más específicamente, en mi futuro. Durante mucho tiempo, todo había sido oscuridad y dolor, pero ahora empezaba a ver la luz al final del túnel.

Después del desayuno, me dirigí a la sala de estar con un par de folletos universitarios que había recogido en la escuela. Papá estaba leyendo el periódico y mamá estaba en la cocina, probablemente preparando otra tanda de sus famosas galletas.

—Papá, ¿tienes un momento para hablar? —le pregunté, tomando asiento en el sillón frente a él.

—Claro, Jonh. ¿Qué tienes en mente? —respondió, bajando el periódico y mirándome con interés.

—He estado pensando en mi futuro y en qué universidad me gustaría asistir. No es algo que haya considerado seriamente hasta ahora, pero siento que es el momento de hacerlo —dije, mostrando los folletos.

—Me alegra escuchar eso, hijo. Siempre supe que llegarías a este punto cuando estuvieras listo. ¿Tienes alguna idea de qué te gustaría estudiar? —preguntó, tomando uno de los folletos y echando un vistazo.

—He estado pensando en psicología. Después de todo lo que hemos pasado y de lo que aprendí en terapia, creo que podría ayudar a otros que estén pasando por situaciones similares —respondí, sintiéndome cada vez más convencido de mi elección.

—Eso suena como una excelente idea, Jonh. Tienes un gran corazón y mucha empatía. Estoy seguro de que serías un gran psicólogo —dijo papá, con una sonrisa orgullosa.

Mamá salió de la cocina en ese momento, con una bandeja de galletas recién horneadas.

—¿De qué están hablando ustedes dos? — preguntó, colocando la bandeja sobre la mesa de centro.

—Jonh está considerando estudiar psicología en la universidad. Me parece una idea maravillosa —respondió papá, tomando una galleta.

—¡Eso es fantástico, Jonh! Siempre has sido tan bueno escuchando y apoyando a los demás. Creo que sería una carrera perfecta para ti —dijo mamá, abrazándome con fuerza.

—Gracias, mamá. Estoy emocionado por empezar a planear esto. Quiero hacer algo significativo con mi vida, algo que

realmente marque una diferencia —dije,
devolviendo el abrazo.

Esa tarde, decidí salir a caminar y
reflexionar sobre mis opciones. Me dirigí
al parque, donde siempre encontraba un
espacio tranquilo para pensar. Mientras
caminaba, me encontré con el viejo
profesor de literatura, el señor Thompson.
Siempre había sido uno de mis maestros
favoritos por su forma de inspirarnos a
pensar críticamente y a explorar nuestras
pasiones.

—¡Jonh! Hace tiempo que no te veo por
aquí. ¿Cómo has estado? —preguntó, con
su habitual tono amistoso.

—Hola, señor Thompson. Estoy bien,
gracias. De hecho, he estado pensando en
mi futuro y en la universidad —respondí,
deteniéndome a su lado.

—Eso es excelente, Jonh. ¿Ya tienes alguna idea de lo que te gustaría estudiar? —preguntó, con genuino interés.

—Sí, creo que quiero estudiar psicología. Siento que podría ayudar a otros, especialmente después de todo lo que he pasado —dije, compartiendo mi decisión.

—Eso suena como una elección muy acertada. Tienes una gran capacidad para la empatía y el entendimiento. Estoy seguro de que serías un excelente psicólogo —respondió, asintiendo con aprobación.

—Gracias, señor Thompson. Aprecio mucho su apoyo. ¿Tiene algún consejo sobre cómo elegir la universidad adecuada? —pregunté, buscando su sabiduría.

—Lo más importante es encontrar una universidad que ofrezca un programa sólido en psicología y que también te haga sentir cómodo y apoyado. Investiga las opciones, visita los campus si puedes, y habla con los estudiantes actuales. Y recuerda, Jonh, la universidad es tanto sobre el aprendizaje académico como sobre el crecimiento personal —dijo, dándome una palmadita en el hombro.

—Gracias por el consejo. Haré eso —respondí, sintiéndome aún más motivado.

Esa noche, después de la cena, me senté con mi familia en la sala de estar para hablar más sobre mis planes.

—Estuve pensando en algunas universidades que tienen buenos programas de psicología. Me gustaría

visitar algunos campus y ver cuál me parece el mejor —dije, mostrándoles una lista de posibles opciones.

—Eso suena como un plan, Jonh. Podemos organizar algunos viajes para visitar los campus. Será una buena oportunidad para ver cuál te sienta mejor —dijo papá, revisando la lista.

—Y no olvides que también puedes hablar con los consejeros de la escuela. Ellos pueden darte mucha información y ayudarte con el proceso de admisión —sugirió mamá, siempre práctica.

—Gracias, mamá. Lo haré. Y Josh, ¿te gustaría venir con nosotros a visitar algunas universidades? Podría ser divertido —le dije a mi hermano menor.

—¡Claro! Me encantaría ver los campus contigo. Además, podré empezar a pensar en mi propio futuro también —respondió Josh, con entusiasmo.

Los días siguientes fueron un torbellino de investigación y planificación. Programé visitas a varias universidades y contacté a algunos exalumnos para obtener sus opiniones. Cada vez que pensaba en mi futuro, sentía una mezcla de nerviosismo y emoción. Pero sobre todo, sentía que estaba dando un paso importante hacia una vida con propósito y significado.

Nuestra primera visita fue a la Universidad Estatal. El campus era hermoso, con amplios jardines y edificios históricos. Mientras recorríamos las instalaciones, me sentí inspirado por la atmósfera académica y el sentido de comunidad.

—Este lugar es impresionante —dije, mientras caminábamos por el campus.

—Sí, tiene una energía muy positiva. ¿Te imaginas estudiando aquí? —preguntó papá, mirando a su alrededor.

—Definitivamente puedo verlo como una opción. Tienen un programa de psicología muy bien valorado —respondí, sintiéndome optimista.

Visitamos varias otras universidades en las semanas siguientes, cada una con sus propias ventajas y características únicas. Me aseguré de tomar notas detalladas y de hablar con tantos estudiantes y profesores como fuera posible.

Al final, me encontré sintiendo una conexión especial con la Universidad Estatal. Había algo en el ambiente, en la

manera en que los profesores hablaban con pasión sobre sus campos y en la amabilidad de los estudiantes, que me hacía sentir que este era el lugar para mí.

De regreso a casa, me senté con mi familia para discutir mis impresiones.

—Creo que la Universidad Estatal es la mejor opción para mí. Me siento bien acerca de su programa y del ambiente en general —dije, compartiendo mis pensamientos.

—Nos alegra escuchar eso, Jonh. Lo más importante es que te sientas cómodo y apoyado en tu elección —dijo mamá, sonriendo con aprobación.

—Estamos orgullosos de ti, hijo. Sabemos que tomarás la decisión correcta —añadió papá, asintiendo.

—Gracias a todos por su apoyo. Estoy emocionado por este próximo capítulo en mi vida —respondí, sintiendo una profunda gratitud.

Esa noche, mientras me preparaba para dormir, reflexioné sobre el viaje que había emprendido. Había pasado por mucho dolor y oscuridad, pero ahora veía un futuro lleno de posibilidades. Con el apoyo de mi familia y la memoria de Fernando como guía, sentía que estaba listo para enfrentar cualquier desafío y crear una vida significativa.

Capítulo 23: El descubrimiento personal

La mañana comenzó como cualquier otra. Me desperté con el sonido del despertador, me estiré y me dirigí al baño para empezar mi rutina diaria. Mientras me lavaba la cara, me detuve un momento para mirar mi reflejo en el espejo. Había algo diferente en mis ojos, una chispa de determinación que no había visto en mucho tiempo.

Después del desayuno, me dirigí a la biblioteca local para trabajar en un ensayo sobre las teorías del comportamiento humano. Era una tarea para la clase de psicología, y aunque podía hacerla en casa, la tranquilidad de la biblioteca

siempre me ayudaba a concentrarme mejor.

—Buenos días, Jonh —saludó la bibliotecaria, la señora Parker, al entrar.

—Buenos días, señora Parker —respondí con una sonrisa, dirigiéndome a una mesa al fondo.

A medida que avanzaba con mi ensayo, me di cuenta de lo mucho que disfrutaba el proceso de investigación y análisis. Había algo increíblemente satisfactorio en desentrañar los misterios del comportamiento humano y en encontrar maneras de aplicar ese conocimiento para ayudar a los demás.

Horas después, cuando me levanté para estirarme, vi a una chica sentada en una mesa cercana, completamente absorta en

un libro. Su concentración me recordó a mí mismo, y no pude evitar sentir curiosidad. Decidí acercarme.

—Hola, ¿qué estás leyendo? —pregunté, tratando de no interrumpir demasiado.

Ella levantó la vista y sonrió amablemente.

—Hola, estoy leyendo sobre neurociencia. Es un tema que siempre me ha fascinado —respondió, señalando el libro que tenía entre manos.

—¡Qué interesante! Estoy trabajando en un ensayo de psicología. Me encanta cómo se complementan estos campos —dije, sintiéndome emocionado por la conexión.

—Totalmente de acuerdo. Soy Emily, por cierto —se presentó, extendiendo su mano.

—Soy Jonh. Mucho gusto, Emily —
respondí, estrechando su mano.

Nos sentamos a charlar un rato sobre
nuestros intereses y descubrimos que
compartíamos muchas pasiones. La
conversación fluyó de manera natural, y
me sentí increíblemente cómodo hablando
con ella. No solo era interesante, sino que
también parecía entender el camino que
había recorrido para llegar a este punto.

—¿Cómo te interesaste en la
neurociencia? —le pregunté,
genuinamente curioso.

—Mi hermano menor tiene autismo, y
siempre quise entender mejor cómo
funciona su mente. Eso me llevó a explorar
más sobre el cerebro y el comportamiento

humano —respondió, con una sonrisa tierna.

—Es impresionante. Creo que nuestras experiencias personales nos dan una perspectiva única en estos campos —dije, reflexionando sobre mi propio interés en la psicología.

Después de un par de horas de conversación, me di cuenta de que era hora de regresar a casa. Nos intercambiamos números y prometimos mantenernos en contacto.

Esa noche, mientras cenaba con mi familia, no pude evitar pensar en la conversación que había tenido con Emily. Algo en sus palabras resonaba profundamente en mí. Después de la cena, decidí dar un paseo por el vecindario para ordenar mis pensamientos.

Mientras caminaba, me di cuenta de que, a
pesar de todo el dolor y la oscuridad,
había algo dentro de mí que nunca había
cambiado: mi deseo de entender y ayudar
a los demás. Recordé las veces que
Fernando me había confiado sus
problemas y cómo siempre intenté estar
ahí para él, aunque no siempre supe cómo.

—Quizás esa es la clave —murmuré para
mí mismo—. Siempre he querido ayudar a
los demás, incluso cuando no sabía cómo.

Con esa revelación, me di cuenta de que
mi verdadero propósito no solo era
estudiar psicología, sino también
encontrar maneras de apoyar a las
personas que están pasando por
dificultades. Tal vez nunca podría cambiar
el pasado, pero podría hacer una
diferencia en el futuro.

A la mañana siguiente, me levanté con una nueva determinación. Después de desayunar, me dirigí al despacho de mi orientador escolar, el señor Roberts. Había sido una gran fuente de apoyo durante los últimos años, y quería hablar con él sobre mis nuevos descubrimientos.

—Adelante, Jonh. ¿Cómo te va hoy? —preguntó el señor Roberts, al verme entrar.

—Hola, señor Roberts. Quería hablar con usted sobre algo importante que he descubierto sobre mí mismo —respondí, sentándome frente a su escritorio.

—Claro, dime, ¿qué has descubierto? —dijo, mirándome con interés.

—Me he dado cuenta de que mi deseo de estudiar psicología no es solo una forma

de entender lo que pasó con Fernando. Es más que eso. Siempre he querido ayudar a las personas a superar sus problemas, y creo que eso es lo que realmente me impulsa —expliqué, sintiendo que las palabras fluían con facilidad.

—Eso es un descubrimiento muy significativo, Jonh. Saber cuál es tu verdadero propósito puede darte una gran motivación y dirección en tu vida —dijo, asintiendo con aprobación.

—Sí, y quiero encontrar maneras de empezar a ayudar a otros desde ahora, no solo después de graduarme —dije, sintiéndome más decidido que nunca.

—Hay muchas maneras de hacer eso. Podrías unirte a grupos de apoyo, trabajar como voluntario en centros de salud mental, o incluso iniciar un proyecto en la

escuela para apoyar a los estudiantes que están pasando por dificultades —sugirió, con una sonrisa.

—Esa es una gran idea. Me gustaría empezar un grupo de apoyo en la escuela. Creo que podría ser muy útil para muchos de nosotros —respondí, sintiéndome emocionado por la idea.

—Estoy seguro de que sería un proyecto maravilloso. Cuento con mi apoyo total —dijo el señor Roberts, con una mirada de orgullo.

Con esa conversación, mi camino se hizo más claro. No solo tenía un objetivo académico, sino también un propósito personal que me motivaba a seguir adelante.

De regreso a casa, me encontré con Emily
en la biblioteca de nuevo. Le conté sobre
mi idea de iniciar un grupo de apoyo en la
escuela.

—Eso suena increíble, Jonh. Estoy segura
de que ayudarás a mucha gente. Si
necesitas ayuda para organizarlo, cuenta
conmigo —dijo, con entusiasmo.

—Gracias, Emily. Tu apoyo significa mucho
para mí —respondí, sintiendo una
conexión especial con ella.

Con cada paso que daba, sentía que
avanzaba hacia una versión más completa
y realizada de mí mismo. El
descubrimiento de mi verdadero propósito
me daba fuerzas para enfrentar cualquier
desafío y seguir adelante, sabiendo que,
aunque el camino no siempre fuera fácil,

estaba haciendo una diferencia, tanto para mí como para los demás.

Capítulo 24: Actos de bondad

Desde que comencé a reconectarme con la
vida y a encontrar una nueva perspectiva,
he sentido el impulso de hacer algo más
que simplemente sobrevivir. Quiero
contribuir positivamente, aunque sea en
pequeñas formas, a la vida de los demás.

Una mañana, mientras caminaba hacia la
escuela, vi a un anciano intentando cargar
varias bolsas de compras. No pude evitar
detenerme y ofrecerle ayuda.

—¿Puedo ayudarle con esas bolsas, señor?
—pregunté, extendiendo mis manos.

El hombre me miró con sorpresa y luego
con una sonrisa agradecida.

—Oh, joven, eso sería de gran ayuda.
Gracias —respondió, entregándome
algunas de las bolsas.

Caminamos juntos hasta su casa, mientras
él me contaba historias de su vida. Me
sentí bien al escucharlo y al saber que mi
pequeña acción había hecho su día un
poco más fácil.

Otra tarde, mientras estaba en la
biblioteca estudiando, noté a una chica de
mi clase que parecía muy estresada por un
examen próximo. Decidí acercarme y
ofrecerle algunos consejos sobre cómo
estudiar más efectivamente.

—Hola, veo que estás revisando para el
examen de química. ¿Te gustaría que
repasáramos juntos? —propuse, tratando
de sonar amigable y no intrusivo.

Ella me miró con sorpresa al principio, pero luego asintió con una sonrisa de alivio.

—¡Eso sería genial! Estoy un poco perdida con algunos temas —confesó.

Pasamos el resto de la tarde repasando apuntes y haciendo preguntas el uno al otro. Al final, ella parecía mucho más segura y agradecida.

Estos pequeños actos de bondad no solo me hacían sentir bien conmigo mismo, sino que también me recordaban que había mucho más en la vida que el dolor y la pérdida. Cada vez que ayudaba a alguien, sentía como si estuviera honrando la memoria de Fernando de una manera significativa. Él siempre fue el tipo de persona que se preocupaba profundamente por los demás, y tratar de

seguir sus pasos me ayudaba a sentirme más cerca de él.

Una tarde, decidí ir al parque donde solíamos jugar de niños con Fernando. Caminé por los senderos que una vez recorrimos juntos, recordando las risas y las travesuras que compartimos. Me detuve frente a un banco donde solíamos sentarnos a mirar las nubes y contar historias. Allí, decidí dejar una nota escrita en una hoja de mi cuaderno:

"Querido Fernando, cada día intento ser un poco más como tú. Gracias por enseñarme la importancia de cuidar a los demás. Te extraño mucho, pero tu espíritu vive en cada acto de bondad que hago. Con amor, Jonh."

Dejé la nota debajo de una piedra en el banco, sintiendo una mezcla de paz y

tristeza. Sabía que Fernando estaría orgulloso de mí por tratar de encontrar la luz en medio de la oscuridad.

Al regresar a casa esa noche, compartí mis experiencias con mi familia durante la cena. Margaret sonrió con ternura y Edgar asintió con aprobación. Josh, mi hermano menor, me miró con admiración.

—Eso es genial, Jonh. Creo que lo que estás haciendo es realmente especial —comentó Josh, rompiendo el silencio.

—Gracias, Josh. Solo estoy tratando de hacer lo correcto, como Fernando siempre quiso —respondí, sintiéndome reconfortado por su apoyo.

Después de la cena, me senté en mi habitación, reflexionando sobre cómo los pequeños actos de bondad podían tener

un impacto tan significativo en la vida de los demás y en la mía propia. Sentí un nuevo sentido de propósito y determinación, sabiendo que cada día podía hacer una diferencia, por pequeña que fuera.

Esa noche, antes de dormir, escribí en mi diario:

"Hoy descubrí que la bondad es como una semilla que crece dentro de nosotros. Cada acto de bondad es una oportunidad para cultivar esa semilla y hacer florecer el amor y la compasión en el mundo."

Con esa reflexión, cerré mi diario y me quedé dormido, sintiendo una paz interior que no había sentido en mucho tiempo. [14/6 04:45] M: **Capítulo 25: Preparativos de graduación**

La ceremonia de graduación se acercaba rápidamente, trayendo consigo una mezcla de emociones que aún no había procesado por completo. A medida que el gran día se aproximaba, me encontraba navegando entre la anticipación por el futuro y la nostalgia por el pasado.

Una tarde soleada, mientras caminaba por el campus después de clases, me detuve frente al edificio principal de la escuela. Recordé cómo solíamos jugar al fútbol con Fernando en el campo cercano. Su risa resonaba en mi mente mientras revivía esos momentos felices de nuestra infancia.

—Jonh, ¿estás bien? —preguntó Emily, acercándose con una expresión de preocupación.

—Sí, solo estaba recordando algunos momentos del pasado. La graduación se siente surrealista, ¿no crees? —respondí, intentando esbozar una sonrisa para tranquilizarla.

—Definitivamente. Es emocionante y a la vez un poco aterrador —dijo, mirando hacia el edificio con nostalgia.

Nos quedamos en silencio por un momento, contemplando la magnitud del evento que se avecinaba. Sabía que Emily también tenía sus propios recuerdos y sentimientos encontrados sobre la graduación.

—¿Has pensado en lo que vas a hacer después de la graduación? —preguntó Emily, rompiendo el silencio.

—Sí, he estado pensando en algunas opciones. Me gustaría estudiar psicología en la universidad y seguir explorando cómo puedo ayudar a los demás —respondí, sintiendo una mezcla de nerviosismo y emoción al compartir mis planes.

Emily asintió con interés.

—Eso suena increíble. Creo que serás un excelente psicólogo, Jonh —dijo, con una sonrisa alentadora.

Nos despedimos poco después, cada uno con sus pensamientos sobre el futuro. Mientras caminaba de regreso a casa, reflexioné sobre cómo Fernando siempre había sido mi mayor apoyo y motivación. Aunque ya no estuviera físicamente conmigo, sentía su presencia en cada decisión que tomaba.

Al llegar a casa, encontré a Margaret preparando la cena en la cocina.

—Hola, Jonh. ¿Cómo fue tu día? —me saludó con una sonrisa cálida.

—Fue bien. Emily y yo estuvimos hablando sobre la graduación y nuestros planes para después —respondí, ayudándola a poner la mesa.

—Es emocionante pensar en lo lejos que has llegado. Estoy tan orgullosa de ti, cariño —dijo Margaret, colocando los platos con cuidado.

—Gracias, mamá. Aunque a veces todavía siento que no estoy preparado para dejar atrás todo esto —confesé, sintiendo un nudo en la garganta.

Margaret me abrazó con ternura.

—Es normal sentirse así, Jonh. La
graduación marca el final de una etapa
importante, pero también el comienzo de
nuevas oportunidades y aventuras. Estoy
segura de que estás listo para enfrentar lo
que venga —dijo, acariciando mi cabello
con cariño.

Esa noche, mientras me preparaba para
dormir, saqué una caja que contenía fotos
y recuerdos de los últimos años. Miré cada
imagen con atención, reviviendo
momentos especiales con amigos,
compañeros de clase y, por supuesto, con
Fernando.

Al encontrar una foto de nosotros tres,
Fernando, Josh y yo, en el parque local, no
pude evitar sonreír. Éramos tan jóvenes e
inocentes en aquel entonces, sin saber lo

que el futuro nos deparaba. Fernando siempre había sido el corazón de nuestras travesuras y aventuras.

—Te extraño, hermano —susurré, tocando su rostro en la foto con cariño.

El día de la graduación llegó con un brillo especial en el aire. Nos reunimos en el auditorio, vestidos con togas y birretes, listos para cruzar ese escenario y recibir nuestro diploma. Sentí una oleada de emoción y gratitud al ver a mi familia entre el público, apoyándome en este importante hito.

Cuando mi nombre fue llamado, caminé con paso firme hacia el escenario. Recibí mi diploma con orgullo y miré hacia el público, donde Margaret, Edgar y Josh me miraban con ojos llenos de amor y admiración. Sabía que Fernando estaría

allí también, en espíritu, celebrando este
logro con nosotros.

Después de la ceremonia, nos reunimos
afuera para celebrar con fotos y abrazos.
Sentí una mezcla de alegría y melancolía al
despedirme de amigos y profesores que
habían sido parte de mi viaje.

—¡Felicidades, Jonh! —me felicitó Emily,
abrazándome con entusiasmo.

—Gracias, Emily. No podría haber llegado
hasta aquí sin tu apoyo —respondí,
agradeciéndole sinceramente.

Esa noche, en casa, mientras observaba
las luces de la ciudad desde mi ventana,
reflexioné sobre el camino que había
recorrido y los desafíos que aún quedaban
por delante. Estaba listo para abrazar el
futuro con determinación y optimismo,

sabiendo que cada paso que daba era parte de mi viaje hacia la realización personal y la contribución al mundo que Fernando siempre había creído que podía lograr.

Con esa sensación de propósito renovado, cerré los ojos y me dejé llevar por el sueño, sintiendo la promesa de un nuevo amanecer lleno de posibilidades.

Capítulo 26: La nueva normalidad

Después de la graduación, la vida comenzó a tomar un nuevo rumbo. Las rutinas diarias se ajustaron y encontré una nueva forma de vivir, llevando conmigo siempre el recuerdo de Fernando.

Una mañana, mientras caminaba por el parque cerca de casa, me detuve en un banco donde solíamos sentarnos Fernando y yo para hablar de nuestros sueños y preocupaciones. Cerré los ojos y respiré profundamente, tratando de capturar esos momentos en mi mente como si fueran fotografías que nunca se desvanecerían.

—¿Jonh? ¿Eres tú? —escuché una voz conocida detrás de mí.

Me giré y vi a Lucas, un amigo de la infancia que no veía desde hacía años. Nos abrazamos con entusiasmo, compartiendo historias sobre lo que habíamos hecho desde la última vez que nos vimos.

—Estoy trabajando en un proyecto de arte por aquí cerca. ¿Te gustaría venir a verlo? —me invitó Lucas, con una sonrisa.

Asentí con entusiasmo. Lucas siempre había sido alguien que apreciaba la creatividad y el arte, y su invitación resonó en mí como una oportunidad para explorar nuevos intereses y mantener viva la chispa de la curiosidad que Fernando siempre había fomentado en mí.

Durante la visita a su estudio de arte, me sentí inspirado al ver las diversas obras que había creado. Lucas me contó sobre

su proceso creativo y cómo cada pieza tenía un significado personal para él.

—Es increíble lo que puedes expresar a través del arte, ¿verdad? —comenté, admirando una pintura que parecía capturar la esencia misma de la vida.

—Definitivamente. Para mí, el arte es una forma de procesar emociones y experiencias, de encontrar belleza incluso en los momentos más difíciles —respondió Lucas, mirando la obra con orgullo.

Al salir del estudio, me sentí renovado y lleno de ideas. Decidí inscribirme en un curso de arte en línea para explorar más mi creatividad y encontrar una salida para mis pensamientos y sentimientos.

En casa, conversaciones con Margaret y Josh se volvieron más frecuentes y

significativas. Compartí con ellos mis
experiencias y mis planes para el futuro, y
encontré en ellos un apoyo constante y
amoroso que me ayudó a seguir adelante.

—Jonh, estoy tan orgullosa de cómo has
manejado todo —dijo Margaret una noche,
mientras cenábamos juntos en la cocina.

—Gracias, mamá. No ha sido fácil, pero
estoy aprendiendo a encontrar mi camino
—respondí, agradecido por su apoyo
incondicional.

Josh, por su parte, se había convertido en
mi compañero de juegos y confidente.
Juntos, explorábamos el vecindario en
bicicleta y planeábamos pequeñas
aventuras que nos ayudaban a
mantenernos conectados con nuestra
infancia y con los recuerdos de Fernando.

Un día, encontré un álbum de fotos de
cuando éramos niños. Hojeando las
páginas, recordé los momentos felices que
compartimos con Fernando: fiestas de
cumpleaños, vacaciones en la playa, y
noches de películas en casa. Cada foto era
un recordatorio de su espíritu juguetón y
su corazón bondadoso.

Decidí crear un álbum digital con esas
fotos y escribir pequeñas notas sobre cada
una, capturando los recuerdos y las
emociones que evocaban. Era mi manera
de preservar nuestra historia familiar y de
asegurarme de que los recuerdos de
Fernando vivieran para siempre en
nuestras vidas.

Con el tiempo, el dolor de su pérdida se
transformó en una mezcla de gratitud por
haber tenido la oportunidad de conocerlo
y de aprender tanto de él. Encontré

consuelo en la idea de que, aunque ya no estuviera físicamente con nosotros, su legado perduraba en nuestras acciones diarias y en las formas en que elegíamos vivir nuestras vidas.

Cada día se convirtió en una oportunidad para encontrar pequeños momentos de alegría y significado, honrando a Fernando a través de actos de bondad y de buscar la belleza en lo cotidiano. Era una nueva normalidad, marcada por el amor, la pérdida y la esperanza de un futuro lleno de posibilidades.

Capítulo 27: El futuro después de la graduación

Después de la ceremonia de graduación, me encontré mirando hacia el futuro con una mezcla de emoción y determinación. La sensación de completar una importante etapa de mi vida estaba acompañada de la anticipación por lo que vendría después.

En los días que siguieron, pasé tiempo reflexionando sobre mis opciones y planeando mi siguiente paso. Había decidido postular a varias universidades para estudiar psicología, una decisión que sentía que estaba alineada con mi deseo de ayudar a otros y de entender mejor las complejidades de la mente humana.

Una tarde, mientras investigaba programas académicos en línea, recibí una llamada de Emily, quien también estaba planeando su futuro después de la graduación.

—Jonh, ¿cómo te va con la búsqueda de universidades? —preguntó Emily con entusiasmo.

—Estoy investigando algunas opciones interesantes. Parece que hay mucho por explorar —respondí, agradecido por su interés.

Emily y yo compartimos historias sobre las universidades a las que estábamos aplicando y discutimos nuestros planes para el próximo año. Era reconfortante tener a alguien con quien hablar sobre nuestras ambiciones y preocupaciones

mientras nos preparábamos para este
nuevo capítulo en nuestras vidas.

En casa, las conversaciones con Margaret
y Josh se centraron en el futuro y en cómo
podían apoyarme en este emocionante
viaje hacia la universidad.

—Estoy emocionado por ti, Jonh. Sé que
harás grandes cosas dondequiera que
decidas ir —dijo Josh, con una sonrisa de
orgullo.

—Gracias, Josh. Significa mucho para mí
tener tu apoyo —respondí, sintiéndome
agradecido por tener una familia que
siempre creía en mí.

Decidí visitar algunas de las universidades
a las que había aplicado para tener una
mejor idea del campus y del ambiente
académico. La primera parada fue una

universidad cercana conocida por su programa de psicología y su comunidad acogedora.

Mientras recorría el campus, me imaginaba asistiendo a clases y participando en actividades estudiantiles. Era emocionante pensar en todas las oportunidades de aprendizaje y crecimiento que me esperaban.

—¿Te gustaría unirte a nuestro tour del campus? —preguntó una estudiante que trabajaba como guía turística.

Asentí con entusiasmo y me uní al grupo de futuros estudiantes y sus familias. Durante el recorrido, aprendí sobre los recursos disponibles para los estudiantes, desde bibliotecas hasta centros de asesoramiento y clubs estudiantiles. Cada paso que daba reforzaba mi decisión de

seguir adelante con mis estudios de psicología.

Al regresar a casa, me senté frente a mi computadora y comencé a redactar mi ensayo personal para la aplicación universitaria. Reflexioné sobre mi pasión por entender cómo funciona la mente humana y cómo podía utilizar ese conocimiento para hacer una diferencia positiva en la vida de las personas.

—¿Cómo va todo, Jonh? —preguntó Margaret, entrando en mi habitación con una taza de té caliente.

—Bien, mamá. Estoy trabajando en mi ensayo para la aplicación universitaria. Quiero asegurarme de transmitir por qué quiero estudiar psicología —respondí, agradecido por su apoyo constante.

—Eres increíblemente fuerte y decidido, Jonh. Estoy tan orgullosa de ti —dijo Margaret, poniendo su mano sobre la mía con cariño.

Esa noche, reflexioné sobre el viaje que había emprendido desde la pérdida de Fernando hasta este momento de esperanza y anticipación por el futuro. Cada obstáculo y desafío a lo largo del camino había contribuido a mi crecimiento personal y a mi determinación de seguir adelante con mis sueños.

Cerré los ojos con una sonrisa en los labios, sabiendo que este nuevo capítulo en mi vida no solo sería una oportunidad para aprender y crecer académicamente, sino también para honrar el legado de Fernando a través de mis acciones y logros futuros.

Epílogo: Carta desde el futuro

Querido Fernando,
Hoy, mientras miro atrás desde donde estoy ahora, me encuentro reflexionando sobre el viaje emocional que hemos recorrido juntos. Han pasado varios años desde aquellos días oscuros llenos de dolor y desesperación, pero quería escribirte para compartir cómo he encontrado belleza en la vida nuevamente.

Recuerdo claramente los momentos en los que sentí que el mundo se había derrumbado a mi alrededor después de tu partida. Cada día era una batalla contra el dolor abrumador y las preguntas sin respuesta. Pero a medida que el tiempo pasaba, comencé a encontrar pequeñas chispas de luz en medio de la oscuridad.

Estudié psicología en la universidad, como
siempre había planeado. La comprensión
de la mente humana se convirtió en mi
pasión y mi camino para ayudar a otros
que enfrentaban sus propias batallas
internas. Cada clase, cada lectura, era un
recordatorio constante de cómo nuestras
mentes son complejas y resilientes.

Durante mis estudios, conocí a personas
increíbles que me enseñaron la
importancia de la empatía y la
comprensión. A través de mis experiencias
clínicas y prácticas, aprendí a escuchar y a
ofrecer apoyo a aquellos que estaban
luchando con sus emociones, al igual que
tú una vez lo hiciste por mí.

Después de graduarme, comencé a
trabajar en un centro de asesoramiento,
donde he tenido la oportunidad de guiar a

individuos y familias a través de sus desafíos emocionales. Cada pequeño avance que veo en mis clientes me recuerda por qué elegí este camino y cómo el dolor puede transformarse en crecimiento y fortaleza.

En mi vida personal, también he encontrado momentos de felicidad y conexión significativa. He mantenido relaciones cercanas con Margaret, Edgar y Josh, quienes siguen siendo mi roca en los momentos difíciles. Nuestras conversaciones ahora están llenas de risas, recuerdos compartidos y esperanza para el futuro.

Recientemente, me casé con Emily, la amiga de la infancia con quien compartí mi viaje hacia la universidad. Ella ha sido mi apoyo incondicional y mi compañera en cada paso del camino. Juntos hemos

construido una vida llena de amor y
compromiso, con el entendimiento mutuo
de nuestras historias individuales y el
deseo de construir un futuro juntos.

A veces me pregunto qué habrías pensado
de todo esto, Fernando. Siempre fuiste el
optimista, el soñador que creía en las
segundas oportunidades y en la belleza
que puede surgir de las experiencias más
oscuras. Me imagino que estarías
orgulloso de cómo he encontrado mi
camino y cómo he aprendido a abrazar la
vida nuevamente, honrando siempre tu
memoria en cada paso que doy.

Te extraño todos los días, pero sé que tu
espíritu vive en las pequeñas cosas: en
una canción que escuchamos juntos, en
un libro que me enseñaste a amar, en la
sonrisa de Josh que refleja tanto de ti.

Gracias por ser mi hermano, mi amigo y mi guía en esta vida. Siempre te llevaré conmigo, en mi corazón y en mis acciones. Espero que, desde donde estés, puedas sentir el amor y la gratitud que tengo por haberte tenido en mi vida.

Con todo mi cariño,

Jonh.

Mauricio Aban

Es un talentoso escritor argentino, ha cautivado a lectores con sus cautivadoras historias en la plataforma de Wattpad. Su versatilidad se refleja en tramas que exploran desde la acción hasta el romance, el misterio y el terror. Aunque ha logrado llevar algunas de sus obras a la realidad en forma de libros físicos, destaca por su perspectiva única: sus relatos nunca concluyen con finales felices.

Aban, fiel a su creencia de que los finales felices son una rareza en la vida real, teje tramas inmersivas que exploran las complejidades y desafíos de la existencia. A pesar de esta inclinación hacia finales menos convencionales, sus obras continúan resonando con los lectores, ofreciéndoles un escape apasionante de la realidad.

En constante crecimiento como escritor, Mauricio Aban persiste en su búsqueda de conectar con los lectores a través de narrativas cautivadoras. Sus esperanzas residen en que sus historias no solo entretengan, sino también ofrezcan una vía de evasión para aquellos que buscan explorar mundos fuera de lo común. Con cada palabra que escribe, Aban invita a los lectores a sumergirse en un viaje literario que desafía las expectativas y revela la complejidad de la condición humana.

abanmauricio

@mauricioaban3

/mauricio.aban